ハヤカワ文庫 JA

〈JA1471〉

庶務省総務局KISS室　政策白書

はやせ こう

早川書房

8629

目次

庶務省総務局ＫＩＳＳ室　政策白書

01　潜水型流氷カニ運搬計画

「中村（なかむら）君さぁ……、わたしたちって、やっぱり左遷なのかなぁ」

ぼくが出張の下調べをしていると、机を挟んで向かいに座る島崎（しまざき）室長に話しかけられる。彼女は、自席で日課の上半身のストレッチをしている最中だった。

「室長がそう思うんでしたら、そうなんでしょうね」

ぼくは、話し相手になるのも億劫（おっくう）で、彼女を突き放す。

庶務省総務局、経済インテグレート・サステナブル・ソリューション室。これだけ曖昧（あいまい）な単語を並べた部署もめずらしい。「昨秋、六十五歳という高齢で初入閣した大臣が、事務方から教えられたカタカナ語を並べてみただけ」と容易に想像がつく。たぶん、次回の内閣改造で留任の見込みがない大臣には、「インテグレート」ではなく「インテグレーテッド」だと指摘する職員もいなかったのだろう。おまけに省内での通称はカタカナ読みの頭文字をとって「ＫＩＳＳ室」だ。

ぼくと島崎室長は同期入省だけれど、ぼくは高専卒の一般職採用で、島崎室長は東京大学経済学部を卒業して総合職採用のれっきとしたキャリア官僚だ。彼女の異動前の部局は、省内でも花形と言われる予算計画局だった。そういった経緯で、彼女は入省六年目で「室長」の役職を仰せつかっているけれども、部下はぼくひとりしかいない。この状況で、左遷かどうかを疑っている彼女のほうが不思議だ。誰が聞いても左遷だろう。

否、聞く必要もなく見るだけで十分だ。ぼくと島崎室長しかいない執務室は三ヶ月前まで文書保管室だった。総理大臣主催の「有権者の皆様に楽しんでもらう会」の十数年分の名簿が保管してあったと聞いている。それが、突然、内閣官房から「一般市民の個人情報が記された不要な資料を速やかに廃棄すること」との下達があり、空いた部屋がＫＩＳＳ室にあてがわれた。内閣官房はここが保管庫であったことさえ隠蔽したいのだろう。地下なので窓もなければ携帯電話の電波も届かない。

「てことは、中村君は、左遷だとは思っていないわけ？」

（はぁ？　六十五歳で落選を挟んでの当選五回目、与党内の三役を未経験の議員が年功序列で大臣になった時点で、省全体が格下げされたと思っているのを、室長は知らないのか？）

　もっとも、ぼくの父も、この人事異動を栄転だと評価してくれた。父の考え方は、組織の上から職階を数えて、その数が少ないほうが偉いというものらしい。

　父は、高校在学中に、貸金業だった祖父の下（もと）で働き始めた。ところが、すぐに祖父と経営方針が合わなくなり、高校を一年半で中退すると、祖父を追い出して会社を大きくした。いわゆる「第二の創業者」という類（たぐい）で、いまではフォーブスの保有資産ランキングのトップ40にも名前を連ねている。父にしてみると、局長付の室長の筆頭の（ひとりしかいない）部下であることは「室長、局長、事務次官の三人を蹴落とせば庶務省を牛耳（ぎゅうじ）れる」とのことで、ぼくの異動を祝ってくれた。

　一般職採用の国家公務員がどんなに優秀でも課長職までしか昇格できない慣例は、当然、父も知っている。けれども、父曰（いわ）く「若いうちに組織に入り、既得権益をかき集めたのち、自分の力で慣例を変えればいい」とのことだった。さらに、父の男尊女卑は徹底しており、ふたりの姉は「いまどきの企業は、大学くらい出ていないと女は相手にされない」ということで進学をさせてもらえた（次姉に至っては、受験浪人までした）。

その姉たちに対してぼくは、高校卒業後の進学費用を出してもらえる気配がなかったので、少しでも就職を遅らせるために、受験勉強を頑張って工業高専に進学した。案の定、二年生のころから、父に「いつまで学校に行っているつもりなんだ？　おまえは出来損ないか？　早く働け」と小言を聞かされ続けた。

「島崎室長は、大臣から数えると副大臣、政務官、事務次官、局長の次に偉いわけですから、栄転だったかもしれません」

ぼくは、父の言葉を借りて、落ち込みかけている上司を勇気づけた。

「そうだよね。部下がひとりしかいなくても、総理大臣から数えたら、えっと……」

島崎室長は、ストレッチを中断して指を折っている。

「副総理も入れると、室長の上には七人しかいません」

「てことは、日本が王国だったら王位継承順位が八番目ってこと？　なんか、急に偉くなった気がしてきた」

（阿呆か……）

ぼくは、満面の笑みを浮かべている島崎室長を眺めながら、父の「親父を追い出すまでに腹心の専務や部長を五人も失脚させなきゃならんかった」という言葉を思い出す。けれども、日本の中央行政機構は王制でもないし、オーナー企業のように下剋上も許されない。島崎室長が上から数えて八番目だからといって、七人の王位継承者を暗殺すれば女王になれると考えるのは早計にも程がある。

「中村君もパソコンの画面ばかり見ていないで、上を向いたほうがいいよ」

「いま、明後日からのウラジオストク出張の準備をしているんです」

「地球温暖化対策の実務者協議なんて、大臣の露払いをしておくだけでしょ？」

（そういう考え方しかできないから、室長はこんな部署に配属になったんです）

ぼくは、ウラジオストクのカニ祭りに参加するレストランのメニューを見比べながら、三日間しかない滞在の献立の組み立てに集中したかった。参加レストランは公式のものだけで十二店あり、ホテルで朝食をとることを考えると、その中から六店を厳選しなくてはならない。

「だいたいさぁ、地球は氷河期に向かっているかもしれないのに、十年や二十年のスパンで温暖化対策を考える必要があると思う？」

「ぼくは出張の下調べをしたいので、そういったことは地学者か天文学者に聞いてきてください」

島崎室長は、一度、無駄話を始めると取り止めがない。

「下調べって、カニ祭りのことでしょ？」

仕事はしないくせに、そういうところだけは勘が働くらしい。

「そうですけれど……」

「カニってさぁ、ときどき砂浜に上がってきて、潮干狩りみたいに漁ができれば、あんなにもてはやされないと思わない？」

「まぁ、サワガニとかは、そうやって獲れますすね」

「要するにさ……」

(また始まった)

島崎室長の口癖は「要するに」だが、それが的を射た要約になった験しがない。

「ウナギだとビタミンBが豊富っていう人間の身体が欲する栄養素があるから、本能的に食べたくなるのかもしれないけれど、カニは栄養素的にほとんど価値がないのよ。食べなきゃ食べないで、誰も困らない。でも、カニは海底に棲み家を求めちゃったことで、かえって人間の標的にされちゃっているのよね。そうじゃなきゃ、カニカマのほうが殻もなくて食べやすいし、漁船もいらないからCO2も排出しなくて済む。まっ、わたしなら、カニカマを会議卓に並べてから『漁業によるCO2を減らすための地球温暖化対策です』って言って、実務者協議は五分で終わらせられるな。地球温暖化対策を講じるのに、カニを食べることに夢中になるなんて愚の骨頂だよ」

（よくしゃべるなぁ……。いや、待てよ）

「そうですよね。カニが浮いてこないから困るんです」

「はぁ？　何、言っているの？」

「つまり、その逆で、氷が水に浮いちゃうのが問題なんです」

「氷を沈めてカニの棲み家を浅瀬に追いやれば、CO2排出量を減らせるってこと？」

今回の国際会議のテーマは「地球温暖化対策」であって、漁業者が排出するCO

2だけを課題にするものではない。それなのに、カニの捕獲方法から話題が逸れないあたり、島崎室長も、カニを食べにウラジオストクへ行くのだろう。

「もうカニの話はしていません。氷が水に沈めば、海水温は徐々に低下して、温暖化を遅らせることが可能かもしれない、という仮説です。オホーツク海の流氷にカニの養殖籠をくりつけて、流氷を海面に浮かない重さにしてから、豊洲沖まで曳航すればいいんです」

「結局、カニの話じゃない」

ぼくは、その後の島崎室長の無駄話を聞き流して、『潜水型流氷カニ運搬計画案』を一日半で作成した。

「世界的に移動が制限されているなか、はるばる極東までお越しいただいて恐縮です」

実務者協議の冒頭、チェアマンであるロシア人の労いの言葉で、議場に和やかな雰囲気がひろがる。西暦二〇二〇年ごろ、世界的に流行し、二百万人以上の死者を出したCOVID‐19による重症急性呼吸器症候群は、ワクチンが開発されたものの、いまでも国際間の人の移動に制限をかけている国が多い（この出来事を、最近の科学者は「SARS（サーズ）インパクト」と称している）。SARSインパクト後の現在、簡易な検査だけで多国間を移動できるのは官僚の特権といってもいい。官僚といっても、政策決定に関わるような要職の職員はこのかぎりではなく、この実務者協議に続く本会議はモスクワで開催されて、各国の大臣や事務方は遠隔会議システムで出席する予定である。きっと、このロシア人のチェアマンも、モスクワでは役立たずで、極東地方に旅行をしたくて、わざわざウラジオストクで実務者協議を開催することにしたのだろう。

島崎室長は、ロシアの次に「日本の最先端の食品加工技術で生産する『カニカマ』によって、世界のカニ漁から排出されるCO2を削減可能です」と思いつきの計画案を発表した。事前に伝えてもよかったのだが、日本でいうところの「カニカマ」は、欧米諸国では「Surimi（スリミ）」という名前で広く普及している。生産量も、旧ソ連の構成共和国であるリトアニアが世界トップを誇っている。そういった世界的な庶民文化を知らなかった島崎室長は、当然のことながら、開始早々に会議での発言権を失ってしまう。

「中村君さぁ、カニカマって、日本が作ったんじゃなかったの？」

「発明したのは日本ですが、ＥＵのほうが日本よりも広く普及しています」

落ち込んだ島崎室長とは関係なく、会議の昼食に大量の茹でたカニが供される。

ぼくは、黙々とカニの殻を剥く委員に、おそるおそる『潜水型流氷カニ運搬計画』の資料を配った。

「エークセレント」

ぼくが計画書を議長席に置いたとき、ロシア人はちょうどカニ味噌を口にしたところだった。彼の大声の賞賛のおかげで、やる気のない各国の委員が、ぼくの計画書をめくらざるを得なくなる。

（いやいや、彼はカニ味噌にエクセレントって言っただけだから……）

ぼくは、午後三時には会議を抜け出してカニ祭りに行く予定だったが、委員全員がカニの殻を真剣に剥いていたせいで、会議の再開は午後二時に遅れてしまった。さらに、チェアマンの「エークセレント」のひと声のおかげで、急遽、ぼくの計画書が日本案として議題に挙げられた。

『潜水型流氷カニ運搬計画』は、オホーツク海に流れ込むアムール川の河口で形成された海氷に、3Dプリンタを使って大きさに見合った鉤（かぎ）を作り、そこに運搬バスケットをぶら下げるというだけのものだ。海氷はやがて流氷になるが、流氷として存在する南限は日本の知床（しれとこ）半島付近とされている。けれども、この流氷を運搬バスケットと運搬物の重さで海面下に沈めてしまうと、太陽光による溶解を避けられるので、流氷は南限を超えても存在できるだろうし、それを東京湾まで曳航すれば、東京湾の海水温を下げられるという算段だ。

ぼくは、ディスカッションの時間も考慮して、五分でプレゼンを終わらせた。

「潜水型流氷は、サンマにも応用できるのか？」

近年、サンマの需要が高まった中国の委員から余計な質問が飛んでくる。

「構造的には、流氷の大きさとバスケットの形状を調節して、サンマ漁の時期までオホーツク海北部に流氷を留めておけば、どんな魚類でも、半冷凍状態で運搬が可能です。かつ、流氷には多量のプランクトンが含まれているので、曳航中に溶け出した氷からサンマの餌を供給することも可能と考えられます」

「ハラショー」

中国の委員は、ホスト国に気遣ったのかロシア語で賛辞を述べたのち、十分以上もサンマの美味しさを各国の委員に説明した。

（いまはカニだろ……）

ぼくは、途中から同時通訳のヘッドセットを外して、机の下でレストランへの道順を確認していた。

「オオマのマグロもチルド状態で、サンフランシスコに運べるか？」

自国第一主義だった以前の大統領のおかげでＣＯ２削減に消極的な国と烙印を押され、この会議では肩身の狭い思いをしていたはずのアメリカの委員が、サンマ料理の説明が終わるのを待ちきれないといった様子で聞いてくる。

「メイビー」

「エークセレント」

アメリカ人は、生魚を食べる習慣のないアフリカの内陸諸国の委員に、寿司の素晴らしさを説明し始める。地球温暖化対策を協議するはずだった会議が、中国人とアメリカ人のおかげで、いつの間にか、日本の食文化を披露する場に変わってしまった。そして、そのことに疑義を挟む委員は誰ひとりいない。

この計画案を提示すれば、当然のなりゆきとして「南極付近やグリーンランド付近の氷山にも応用できるか？」という質問が出ると予想していた。氷山の場合は、流氷と違って海面下に沈んでいる体積が大きく、その分の浮力があるので「実現には各国の研究機関の協力が必須」との回答も用意していた。それなのに、氷山のひの字も出てこない。地球温暖化対策は経済活動とのバーターにならざるを得ず、各国とも、はなから乗り気ではなかったのだろう。ぼく自身、日本には環境省という環境問題に取り組む省があるのに、どうして庶務大臣が本会議に出席することになったのか、カニ祭りに気を取られて忘れていた。

（もうすぐ三時なんだから、説明は手短にしろよ。だいたい、あんたの国がパリ協定を出たり入ったりするから、ウラジオストクに集まらなきゃならなくなったんだぞ）

ぼくは、島崎室長に「あとを頼みます」と言って、カニ祭りに出掛けることにした。

一年後、『潜水型流氷カニ運搬計画』は、さまざまな低温輸送に活用されている。流氷に取り付ける運搬バスケットにはＧＰＳ発信器が装着されているので、他の船船の航行にも支障を来さないし、海流に乗ってしまえば曳航船から切り離して積荷を運搬することも可能になった。流氷をオホーツク海から太平洋に搬送するため、クリル列島海域はホルムズ海峡と同レベルの地政学上の要衝となり、流氷が発生するアムール河の河口付近では、ロシア政府による流氷売却が始まっている。ロシアの極東開発に大きく貢献したとのことで、島崎室長はハバロフスク市の名誉市民になった。なぜ、発案者のぼくは名誉市民になれないのか不満もあるが、ノンキャリの理不尽さは高専の教授にも教えられていたので黙っていた。

さらに、地球温暖化で体積が小型化していた流氷は、いまや先物市場における投資対象のひとつだ。マーケットでは「オホーツクのダイアモンド」と呼ばれているらしい。そういったことに目ざとい島崎室長は、早速、ボーナスを流氷投資に注ぎ込んでいるようだ。

「今度の夏には、豊洲で中村君に新鮮なカニをたらふくご馳走してあげる」

島崎室長の間抜けさ加減は相当のものだ。もともと、ぼくの作った計画は地球温暖化を遅くさせるためのもので、『潜水型流氷カニ運搬計画』が普及すれば、当然、流氷もできやすくなり、価値も暴落する。

「あまり期待しないで待っています」

島崎室長の先物買いは、今年の厳冬とともに大損失となるに違いない。

02　残業パラダイムシフト

「中村君さぁ……、働き方改革って、何か思いついた？」

六十五インチの４Ｋモニタに大きく映し出された島崎室長が言う。

西暦二〇二〇年に起こったＳＡＲＳインパクトによって、「嫌いな上司、同僚と顔を突き合わせて仕事をする必要はないかもしれない」という雰囲気が醸成され、民間企業では在宅勤務なるものが流行した。遅ればせながら、中央行政機構でも在宅勤務の実験を行うことになり、庶務省総務局、経済インテグレート・サステナブル・ソリューション室（通称ＫＩＳＳ室）に白羽の矢が立った。ぼくの家にはＴＶがひとつしかなく、昼間は執事が録画した深夜アニメを見たいということで、オンライン会議用に新たなモニタを購入しなくてはならなかった。けれども、その際、執事に遠隔会議の相手が島崎室長しかいないことを伝え忘れた。執事は、きっと六人くらいの会議参加者がいると思って、大きめのモニタを購入してくれたのだろう。実物の数倍、無駄に解像度の高い島崎室長の顔は、ホラー映画を見ているような気分にさせられる。

しかも、島崎室長は口にストローをくわえたまま、唇をほとんど動かさずにしゃべっている。彼女が腹話術を使っているわけではないだろう。一日目こそ退勤時間までビデオカメラの前に座っていたが、KISS室では、もともと椅子の上でストレッチをするくらいしか仕事がない。試行の二日目である昨日、七時間分の自分の画像を保存して、三日目の今日は、その録画を流しているのだろう。人工知能によるフェイク動画作成ツールがあるはずなのに、ぼくも甘く見られたものである。

「いま考えています」

ぼくは、上司の短絡的かつ稚拙なサボタージュ術を指摘することなく嘘をついた。ほとんど仕事をしない島崎室長から「働き方改革」なるものを考えろと指示されても、「室長も少し仕事をしてください」のひと言しか思い浮かばない。

「考えても出てこないよねぇ……」

「とりあえず、窓のある執務室に替えてもらうように、局長に頼んでみるのはどうですか？　あの地下室は死体安置所にいるようで、気分が鬱屈してきます」

もっとも、本省内にあるＫＩＳＳ室は以前の文書保管室(モルグ)を使っているので、ぼくと島崎室長が国家公務員ではなく新聞記者であったならば、やはり死体安置所(モルグ)なのだろう。けれども、昼食を執務室で済ませてしまうと、登庁してから退庁まで日光を見ないことも多い生活は健康的とは言い難い。

「いやいや、あのダンジョン感のおかげで仕事が捗(はかど)るんだよ」

（この人、ストローをくわえたまま、何を言っているんだ？　そもそも、いままで仕事をしたことがあるのか？）

「ダンジョンって何ですか？」

「中村君、ダンジョンを知らないの？」

ぼくは「知らない」と答えるのも癪(しゃく)なので、手許(てもと)のパソコンで辞書を引く。

（地下牢(ちかろう)？　そんなところで仕事を……、否、ゲームをしていると気分がいいのか？）

キャリア官僚が労働意欲を維持する方法を理解できない。黙っていると、島崎室長がしゃべりだしてしまった。

「横浜とか梅田の地下街みたいなところをダンジョンって言うの。『働き方改革』を考えるなら、民間で流行っている人生攻略本とかも読んだほうがいいよ。わたしの母は『All Really Need to Know I Learned in Kindergarten』っていう読めもしない英語の本を、これみよがしにリビングの本棚に並べているの。そういうのって嫌味くさいよね。彼女、自分は修士号を持っているけれど、『そのおかげで役員になったわけじゃありませーん』って、誰かに自慢したくてうずうずしているの」

島崎室長の母君はＩＴ企業の役員だと聞いている。口ぶりからすると、彼女は母君に対して好感を持っていないようだ。そして、島崎室長は「人生攻略本」と言ったが、それはゲームの攻略方法を解説した書籍だと想像できる。

「世間からすれば、政府が『女性も役員に登用しろ』って民間に口出ししたときに、たまたま適齢期の母がいたってだけなのにさ……。わたしは、幼稚園で『待機児童はどうしていなくならないのかなぁ』って考えた結果、窓のある部屋であくせく仕事するよりも、ダンジョンで確実にアイテムを揃えて、来るべきステージに備えるべきだとの結論に達したの」

モニタに映る島崎室長は、あくびをしながら、器用に人生論を説く。彼女は、幼稚園で先生の言うことを聞かずに、地下牢のような反省室で過ごすことが多かったのだろう。実物の数倍の大きさの顔であくびをされると、サメが出てくる映画を見ているような気分にさせられる。

「ところでさぁ、中村君、ＫＩＳＳ室に来てから、サービス残業はどれくらいつけている？」

「サービス残業はしていません」

島崎室長は、定時の三十分前には帰り支度を始めて、部下であるぼくに仕事の指示もせずに、定時ぴったりに「ダンジョン」を出ていく。ぼくは、ＫＩＳＳ室に異動してからというもの、サービス残業どころか残業さえしていない。

「わたしでさえ月に二十時間はつけているよ。中村君も一般職だからって遠慮しないでサービス残業をつけていいよ」

「えっと……」

もしかすると、島崎室長は休日登庁をして「来るべき転生」に備えた仕事をしているのだろうか。彼女の以前の所属である予算計画局は、庶務省内の花形部局だけれども、一般職員からは予計(よけい)な仕事ばかりを増やす人たちと陰口を叩かれていた。それだけに、彼女は週末にも登庁する癖が残っているのかもしれない。

「わたしの知り合いでＩＴ企業に勤めた人とか、月に五十時間もサービス残業をしたって言っていた。民間はいいよねぇ。前の部署は、みんな、定時後も馬車馬みたいに働いていたけれど、それでも三十時間しかつかないって不満たらたらだった」

「あの……、サービス残業っていうのも、新しいアイテムか何かですか？」

「はぁ？　何を言っているの？　サービス残業って言ったら、登庁していないのにもらえる残業手当のことだよ」

　ぼくは、入省六年目の島崎室長が小さいけれども根本的な勘違いをしていることに気づく。

「室長、サービス残業っていうのは、残業をしたのに、手当がつかない時間のことです」

「うっそぉ。じゃあ、なんでサービスなの？」

「それは、省庁や企業に対して、職員や社員が無償で労働力をサービスしているからです」

「普通、サービスっていうものは、役所や企業が、市民やお客さんに対してするものでしょ。レストランで料理を待っているときに『暇だったら皿洗いをしてもらえませんか？』って頼まれたら、中村君は『ああ、サービスのいい店だな』って思っちゃうわけ？」

島崎室長が、ポテトチップスの袋を開けながら、のんびりした表情とは一致しない口調でまくしたてる。普段の彼女であれば、唇をヒヨコの嘴（くちばし）のように尖（とが）らせているのであろう。もっとも、六十五インチのモニタに映る彼女は実物の数倍の大きさなので、ダチョウのような嘴を見ることになったはずだ。録画でよかったと思う。

「皿洗いはしませんけれど……」

「でしょでしょ。『オーギュスト・エスコフィエの再来といわれる若手シェフがいるので、皿洗いのふりをして見てみますか？』って言われれば、厨房（ちゅうぼう）に行ってもいいけれど、料理が来なくてもテーブルでおとなしくしているのがマナーっていうもの。中村君、サービスとボランティアを勘違いしていない？」

「それなら、サービス残業が問題になっているのは、どうしてだとお考えですか？」

「そりゃ、働いてもいない社員に残業代を支給して利益を小さく見せていれば、株主に対する背信行為だからでしょ。その分、法人税も払わないし、配当金も少なくするからだよ」

（ブルジョア的発想だなぁ……）

ぼくの父は、祖父の営んでいた小さな貸金業を「鉛筆一本から大陸間弾道ミサイルまで、貸せないものはない」と言い切るまでに業務を拡大したリース企業の経営者だが、社員にサービス残業をさせないことを自慢にしている。父曰く「レジを締めたときに百円が足りなくて、不足分を自分のポケットから出す店員は、百円が余ったときには、それをポケットに入れる。同じように、サービス残業をしてきた社員が暇になったときは、新規顧客の開拓をせずに勤務時間中に遊ぶ」とのことだ。

学生のころに、その話を聞いたときには実感がなかったけれども、「仕事がなくても、残業手当だけはもらうキャリア官僚」を目の当たりにすると、父の懸念もあながち嘘ではないのだろう。

「室長は、前の部署では、サービス残業が三十時間しかつかないとおっしゃっていましたが、他の職員は、何時ごろまで仕事をしていたんですか？」

「わたしは、毎日、ちゃんと帰っていたから、そんなこと知らないよ」

ぼくは、島崎室長が入省六年目で早々に仕事のないＫＩＳＳ室に左遷された理由が分かってきた。仮に彼女が前の部局では勤務中にゲームをしていなかったとしても、毎日、定時で退庁していれば、周囲からの悪印象は避けられない。それにもかかわらず残業代を（彼女に言わせればサービス残業代を）申請していたとなれば、地下牢に送り込まれたのは当然の結果だろう。

「きっと、他の職員は、夜遅くまで働いていたんですけれど、残業手当がつかないことに文句を言っていたんです。民間企業のご友人も、帰りが遅いとか、土日でも仕事をしているとおっしゃっていませんでしたか？」

「うーん、友だちじゃなくて知り合いだし、民間のことには興味ないからなぁ」

（おいおい、いまは、その民間の働き方改革を検討しているんじゃないのか）

ぼくは、いまだに「サービス残業」の勘違いを正そうとしない島崎室長のために、厚労省のホームページから直近の『監督指導による賃金不払残業の是正結果』のＵＲＬをメールで送る。

「厚労省のサービス残業について記されたサイトのURLを送ったので、確認してもらえませんか？」

「いま、他の資料をチェックしているから、手が離せないんだよね」

モニタに映る島崎室長はポテトチップスを摘んでいるが、実際の彼女は、ソファにでも寝転がって、どこかのダンジョンをうろついているのだろう。

「ポテチを摘んだ手でキーボードを触ると、べたべたになっちゃいますよ」

「ポテチなんか……、あっそうか、そうだね。ポテチ食べているから、いまキーボードを触りたくない。だいたいさぁ、中村君が送ってくれた資料を見ちゃうと、来月からわたしの俸給が減るってことだよね？」

（この人が事実を受け容れたくない理由は、そこか？）

「ぼくは、室長がしてもいない残業を虚偽申請していても、誰にも言ったりしないので安心して資料を確認してください」

「そうなのっ？　中村君って、意外と話が分かるじゃん。まっ、そこまで言うなら、資料くらいは確認してあげるよ」

父からは「上司の不正は見逃しておいて、いざというときに、すっぱり斬れるようにしておけ」と言われている。きっと、父もダンジョンでアイテムを揃えたうえで祖父を会社から追い出したのだろう。けれども、ぼくが島崎室長の不正を見逃すことにしたのは、彼女が不憫だったからだ。それに、島崎室長なら、ぼくが不正を暴かなくても、自らダンジョンに埋もれたままでいることだろう。

そんなことを考えていると、テーブルの向こうのモニタに、突然、緩いタンクトップしか着ていない島崎室長が現れる。

「うわっ……」

「えっ？　やだ……。見た？」

きっと、島崎室長は、メールの添付ファイルを開こうとしたときにパソコンの操作を誤って、オンライン会議システムの送信画像を録画からリアルタイムに切り替えてしまったのだろう。

「見てません。一応、執務時間中なんですから、下着くらいつけてください」

「見てるじゃん」

数秒後に顔をあげると、モニタの中の島崎室長がポテトチップスを摘む姿に戻っていた。

（小細工をするより、何かを羽織ったほうが早いんじゃないか）

「うへぇー、日本全体だと去年だけで百億円以上もただ働きをしているんだ。いやぁ、みんな、サービス精神旺盛だねぇ」

島崎室長は、自分の失態がなかったかのような口調で言う。

「それがサービス精神による労働ではないから、働き方改革が必要なんです。ちなみに、その資料にある勤労者一人当たり十万円という数値は、室長のようにまったく残業をしない人も母数に算入した平均値です」

「いまは国家百年の計の話をしているんだから、わたしのことはどうでもいいんだよ」

（いやいや、下着もつけずに俸給が減る心配をしていた人が何を言っているんだ？）

「だいたい、分かってきた。要するに、諸悪の根源は賃金不払を『サービス』なんていう前向きな言葉で誤魔化しちゃったところにあるね。ほんとは『働き方改革』じゃなくて『現状の違法労働の是正』なんだよ。日本は言霊（ことだま）信仰が強いから、前向きな表現をすると、なんだか善行のように思えて、ころっと騙（だま）されちゃうんだよ。

職員や社員が省庁や企業に無償で労働を提供するんだから、『賄賂労働』とか『ゴマスリ残業』っていう名称にしておけば、誰もこんなことはしなかったと思うな。略して『ワイロウ』とか『スリザン』。中村くんは『いやぁ、今月はワイロウが多くてまいったよ』とかって言える？　そんなの格好悪くて言えないんじゃないかな」

島崎室長は『ワイロウ』とか『スリザン』と称するだけで、下級官僚や会社員がサービス残業をやめると思っているのだろうか。ぼくは、彼女に対して仕事をしない阿呆なキャリア官僚という印象しかなかったが、意外にも無菌室で育った純真な心を持った人なのかもしれない。

「残念ながら、すでに、民間企業の社員はサービス残業のことを『サビ残』と言い、そんな自分たちのことを『社畜』と称しています」

「趣味わるぅー。そんなんだから過労死をしちゃうんだよ。家畜と同列と思っているなら殺されても救いようがない」

（御意）

「じゃあさ、やっぱり、残業代の出ない残業のことは『ボランティア残業』と呼ぶことに政令で定めよう。わたし、常々思うんだけれど、心の底からボランティアをやりたい人なんかいないと思うんだ。ああいうのって、学究に勤しんだわけでもなく怠惰に学生生活を送った人が、いざ民間に就職することになって、慌ててやっているだけ。そうじゃなきゃ、民間企業で役に立たない人が、ＴＶ局の取材が来る間だけ被災地に行って、わずかばかりの自己承認欲求を満たしているんだと思う。だから、『ボランティア残業』って呼ばれるようになった途端、みんな、やる気をなくしちゃうはず」

ぼくは、ひとときでも、島崎室長を純真な心の持ち主だと考えたことを反省した。こういった官僚が、オリンピックや自然災害の際に、最初からボランティアの労力を算入して予算を計画するのだろう。

「まぁ、わたしの母みたいな阿呆な経営者が『弊社の社員はノブレスオブリージュに満ちているので、今年度のボランティア残業は四億円になりました』とかって株主総会で自慢するかもしれないけれど、そう言われた途端、次年度からは誰もただ働きはしなくなる。中村君だって、欠片も持ち合わせていないノブレスオブリージュなんて言われたら、小っ恥ずかしくて、やってらんなくなっちゃうでしょ？」

ぼくは、父から生前贈与された土地と株式の運用だけで十分な生活ができるので、公僕として庶務省にいること自体がノブレスオブリージュなのだが、そのことは島崎室長には黙っていた。

「じゃあ、この線で庶務省案の資料を作っておいて」

「そんなにうまく行きますかね？」

「大丈夫、大丈夫。わたしたちの世代は、転生には慣れているからね。中村君や母みたいにラノベを読んだこともない人のためには、パラダイムシフトとかってカタカナ語を当てはめればいいんだよ。じゃ、資料を作っている間はオンライン会議もつながなくていいよね？　資料ができたら、直接、大臣に送っていいから。じゃあねぇ」

島崎室長の音声は切れたが、録画映像を止めるのは忘れたようで、ぼくは、巨大な島崎室長に見下ろされながら定時までの時間をノートパソコンの前で過ごした。

一年後、島崎室長の言葉だけによる「働き方改革」は行政機構、民間企業に見事に定着してしまった。ただし、民間企業の経営者は、島崎室長より小賢（こざか）しかったと言える。彼（女）らは、「ボランティア残業」の賃金を支払わずに、従業員の自主的な社会貢献とみなして行政に申請することにしたらしい。

いまや日本は、無償のボランティア活動時間を比較したギャラップ社の世論調査において、ＯＥＣＤ二十四ヶ国中、飛び抜けた一位の座を確保している。それとともに、ノブレスオブリージュの精神から過労死するまでボランティア活動に勤しむ、世界で唯一の国となった。

03　国際原子時（ＴＡＩ）連動景気対策

「中村君さぁ……、わたしたちだけで来年度のＧＤＰ予測値を出しても、また統計の不正操作だって責められるのが関の山だよね？」

経済インテグレート・サステナブル・ソリューション室（通称ＫＩＳＳ室）の島崎室長に同意を求められる。わざわざ部下に確認するまでもなく、そのとおりだと思う。ＳＡＲＳインパクトによって世界的に景気の先行きが不透明な中、次の四半期の年率換算ＧＤＰ値でさえ、誰も予測できない。ＳＡＲＳインパクト前は、ケータリングのピザみたいな名称の経済政策の効果を強調しようとした総理大臣が、統計不正ではないかと国会で叩かれていたが、いまや、マスメディアも国民もそんなことはきれいさっぱりと忘れている。そもそも、ここは庶務省なのに経済産業省が作成・公表するＧＤＰ予測値を「作れ」と指示する大臣のほうがおかしいし、その指示を受けてくる島崎室長にも疑問を感じる。

「いまからでも、それは経産省の仕事だって言い返してきてくれませんか？」

「中村君には分からないかもしれないけど、室長には室長なりの理不尽っていうものがあるんだよ」

（同期入省のくせに、何が「室長なりの理不尽」だ？）

島崎室長は、部下がひとりしかいない室長なのに、口だけはキャリア官僚だ。仕事を増やすことには熱心だが、その仕事をどうやって片付けるかには、まったく興味を示さない。もっとも最近、経産相はＳＡＲＳインパクト復興大臣なのかと思えるくらい経産相らしい仕事をしていない。先日、経産大臣が三ヶ月毎のＧＤＰ速報値を発表する記者会見を行なっていたが、島崎室長は「この人、次期与党総裁を狙っているのか、記者会見にしゃしゃり出るのが好きだねぇ」とつぶやいていた。

（いやいや、それが彼本来の仕事だから……）

そのときは、そう思った。それにしても、庶務省のふたりしか職員のいないＫＩ

ＳＳ室にＧＤＰ予測値を「作れ」という指示は理不尽の極みだ。通常国会も始まっているのに、政府から来年度のＧＤＰ予測値が発表されていないことに、メディアも国民も危機感を持っていないのだろうか。もっとも、そのおかげでＧ20に向けた実務者の第一回調整会合に、ぼくと島崎室長が出席することになった。木枯らしが吹き荒(すさ)ぶ東京を抜け出して、季節が逆のシドニーに行けるのはありがたい。

「中村君、英語が得意だからアメリカとドイツの大使館に連絡して、シドニーでどんな数字を出すか訊(き)いてくれない？」

　彼女はロシア語に堪能だけれども英語を苦手としている。下達(かたつ)文書を回覧すると、彼女のファーストネームである由香(ゆか)のイニシャルの「Ю(ユ)」というキリル文字でチェックを入れる。配属されたころは「島」を音読みして「10」を雑に書いただけかと思った。

「それを聞くと仕事が捗(はかど)るんですか？」

「こういうのって、今年度と同じくらいの相対順位になっていれば、議員さんも国民も、みんな納得してくれるんだよ。調整会合まで二週間しかないんだから、シドニーで二十ヶ国が『いっせいのっせ』って数字を出したときに、アメリカよりよければ妬まれるでしょ。だから、去年と同じでアメリカとドイツの間の数字を作ればいいいんじゃないかなぁ？」

ぼくは、あきれて黙っていた。

「要するにさ……」

（また始めるのか）

島崎室長の口癖に、ぼくは、シドニーの観光局のホームページを開く。彼女の要約は、Ａ４用紙一枚に記された四百字程度の下達文書を説明するときでも、三百ワードくらいしゃべるのが常だ。

「来年度のＧＤＰ予測値を二週間で算出しろなんて指示は、統計値の不正操作さえしなくていいってことなのよ」

（御意）

ぼくは残りの二百ワード以上を待ったが、島崎室長は椅子の上で日課のストレッチを始める。

「どうしたの？　早く電話して聞いてよ」

「いいえ、まだ『要するに』が続くのかなと思って」

　ぼくは、驚きながら、シドニー市観光局のサイトを閉じて、アメリカとドイツの統計局のサイトから今期のGDP予測値を印刷して彼女に渡した。

「アメリカは十月、ドイツは一月が会計年度の開始月ですから、もう公表されています」

「さすが中村君、仕事が早い」

(こんなことで褒められても、何も嬉しくありません)

「いやぁ、大臣室に呼ばれたときは、一日が三十六時間あっても足りないかもと思ったけれど、これで大手を振ってシドニーに行けるよ」

「そりゃ、一日が三十六時間になれば、GDPは単純計算で五十パーセント伸びますからね」

「一日が三十六時間になれば、一年が約二百四十日になるだけでしょ」

(室長の頭の中では、惑星の自転周期と公転周期が連動しているのか。東大で何を習ってきたんだ?)

　ぼくは、あきれかけたが、ふと「それが正解だ」と思った。

「そうですよね」

「何が？」

「生産能力を落とさずに、地球の自転速度を徐々に遅くしていけば、生産性は上がるんです」

　実際、地球の一日は一八二〇年に八六、四〇〇秒と定められたものの、一九六七年には約二ミリ秒長くなっていた。これを修正するために考え出されたのが閏秒という考え方だ。コンピュータシステムに支えられた現代社会では、最近の例だと二〇一七年一月一日の午前八時五九分五九秒のあとに同六〇秒という歪な一秒が発生し、システム屋はメンテナンス費用として、クライアントから小銭を巻き上げることに成功している。

　けれども、そんなことはせずに、時計の針の回転を遅くしてしまえばいいのだ。人が「今日は退屈な会議ばかりで一日が長く感じるな」と自分を誤魔化せる範囲で地球の自転速度を落として、それに連動して国際度量衡局が管理する国際原子時（ＴＡＩ）を秘密裏に変更していけば、やがて、一日は三十六時間になり、勤労者は現時点の一・五倍、工場やオフィスで働くことになるだろう。

　ぼくは、地球の自転に緩いブレーキをかける方法を考え始めた。そして、シドニーに出発するまでの三日間で『国際原子時（ＴＡＩ）連動景気対策』を作成した。

シドニーでの調整会合は、予想とおりに退屈なものだった。ホスト国であるオーストラリアの官僚は、ラグビーにしか興味がないらしく、結果はどうあれ、ＳＡＲＳインパクト前にワールドカップを日本で開催できたことを喜んでいた。彼らの持論によれば、次のラグビー・ワールドカップまでに世界的なウイルスの流行が終息して開催期間を二倍にすれば、国際旅行客が増え、各国のビール消費量も増えるので、ＧＤＰは自然にＶ字回復するとのことだった。

前夜のレセプションで、主催国の官僚がジャケットの下にワラビーが描かれたＴシャツを着ているのを見た島崎室長は、それがドレスコードだと勘違いしたらしい。彼女は、二日目の会合で、黒地にキーウィが描かれたＴシャツを着て、来年度の日本のＧＤＰ予測値を流暢(りゅうちょう)なロシア語で公表した（オーストラリアには生息していないキーウィのＴシャツを、島崎室長がどこで手に入れたのかは不明だ）。二十ヶ国の財務関係者は、皆、同時通訳のヘッドセットをつけているのだから、何もロシア語で話す必要はないと思うが、彼女は彼女なりにキャリア官僚としてのプライドがあるのだろう。早速、名目ＧＤＰで十二位に甘んじているロシアの統計局から、世界的不況の中で日本のＧＤＰがそんなに高いわけがないと異を唱えられて、島崎室長は「あくまで予測値です」と言い訳をしていた。

ぼくは、国際度量衡局のあるフランスを含めた何ヶ国かの実務者に「宇宙開発事業に積極的な国だけで話したいことがあるのでサテライト・ミーティングに応じてくれないか」と声をかけた。

ぼくの計画案は、大気圏の境界に三つの静止衛星で巨大な太陽帆を張って、その抵抗で地球の自転にブレーキをかけるというものだ。その実現には、宇宙開発事業に積極的な国の協力が不可欠だ。人間が作れる程度の大きさの帆で、地球の自転に抵抗できるかは知らないが、検討の余地はあるだろう。

宇宙開発事業を競うために国家予算を無駄遣いしている国々の実務者は、ぼくの『国際原子時（ＴＡＩ）連動景気対策』を絶賛してくれた。

「これが実現できれば、国民の平均寿命も縮まるということか」

福祉大国として有名なスウェーデンの官僚から、確認のための質問が来る。

「当然です。現在の一日が延びても、人間の身体はそんなに早く環境適応しないので、年金支出も減らせます」

「働く時間が延びるのに、リタイア後の時間が短くなるなんて、一石二鳥じゃないか。ノーベル経済学賞を贈ってもいい」

ラグビーの母国を自負しているのに、ワールドカップの決勝で南アフリカに敗北を喫したイギリス人からも質問が出る。

「前回のワールドカップでは八十分だった試合時間が、次回には八十二分になっているということか？」

「でしょうね……」

「あと二分あれば、戦術も変えられたんだ。どうして、ワールドカップが始まる前に太陽帆を打ち上げなかったんだ？」

（いやいや、南アフリカだって二分長い戦術を組み立てるから無理だろ。それ以前に、二十点差だったゲームを、どうやって二分でひっくり返すつもりなんだ？）

ぼくは、そう思ったが「数年後に期待してください」とだけ答えた。

「そんなことをしたら、ドーハの悲劇が繰り返されるだけじゃない？」

当日にならないと会議資料を読まない島崎室長が耳打ちしてくる。

「ドーハの悲劇って、カノッサの屈辱みたいなものですか？」

「全然違う。中村君、日本史で単位を落としたでしょ」

どうやら、島崎室長の心配ごとは本題とは関係なさそうなので、相手にしないことにした。一般教養科目の日本史の講義はちゃんと受けたし、単位も修得している。きっと、東京大学では通常のレベルの日本史では飽き足らず、微に入り細を穿ったた歴史を調べないとレポートが書けないのだろう。

次の質問は、アメリカ人だった。

「夏ごろには、いまの一秒が一・三三秒になっているということだな。ボルトが保持している百メートルのワールドレコードを、オリンピックの大舞台で取り返せる可能性がある」

「そうなります」

（あんたの国だけじゃなくて、ジャマイカでも一・三三秒になるけどな）

ウサイン・ボルト氏は現役を引退しているけれども、偶然、アメリカ国籍の新鋭スプリンターが世界記録を塗り替える可能性は否定できない。

「この計画だけでは、ノルディックスキーのジャンプの飛距離は伸びない」

ロシア人が文句を言い始めたが、ぼくの計画は景気対策であって、スポーツ界の発展を目指したものではない。ロシア語を披露する機会ができて、島崎室長が応対してくれる。

「ジャンプ台を地球の自転方向と同じ向き、つまり西側に向かって飛ぶようにすれば飛距離が伸びます。他国の選手も条件は同じですが、このサテライト・ミーティングにご参加いただいた各国で内緒にしていれば、他国が気づくことはないと思います。ですから、貴国がまず西向きのジャンプ台を設置すればよいかと存じます」

(今日の同時通訳は国際会議で「内緒」とか、中学校のホームルームかよ)

島崎室長は、自信たっぷりにロシア語で説明する。「他国の選手も条件が同じ」という点は、ぼくの計画を理解しているが、中学校で習う「慣性の法則」をまったく覚えていないことが露見してしまう。

「ということは、フィギュアスケートでも、逆回転ジャンパーのほうが有利ということか?」

島崎室長に騙(だま)されたカナダ人がすかさず質問を投げかける。おかげで、島崎室長とカナダ人は他の委員から相手にされなくなってしまい、島崎室長のロシア語は活躍する場を失った。ぼくがサテライト・ミーティングの人選（国選）を誤ったことを後悔しはじめると、フランス人が発言を求める。

（ヴァカンスのときだけ太陽帆の抵抗を大きくできないか、とかっていう提案だろ）

「とにかく各国に利がある計画なので、秘密裏かつ早急に実現させよう。わたしも、帰国後、すぐに国際度量衡局とコンタクトをとる」

そう言ったフランス人が何を考えていたのかは分からないが、ミーティングを終わらせてくれたことで、ぼくはコアラがいる動物園に行くことができた。

偶然か否か、サテライト・ミーティングに終止符を打ったフランス人と動物園でばったり会う。彼は、ぼくのために英語で話しかけてくれた。

「君の計画は、実に素晴らしいよ」

「ありがとうございます」

「最近、ぼくのガールフレンドを日本人の男にとられちゃってね」

ぼくは、こんなところでフランスとの軋轢（あつれき）を作っても利がなさそうなので、「それは申し訳ない」とだけ、国を代表して答えた。

「ところが、彼女、新しいボーイフレンドが早漏だと、ぼくに愚痴を漏らすんだ」

「はぁ……」

「君のおかげで、彼の早漏は治るどころかひどくなっているってことを、数字で証明できる」

（フランス人女性は、ベッドにストップウォッチを持ち込む習慣があるのか？　だいたい長けりゃいいってもんでもないだろ）

ぼくは、動物園には興味がなさそうな彼を見送った。クレオパトラの鼻がもう少し低かったら歴史が変わっていたかもしれないように、彼からガールフレンドを奪い取った日本人男性が、もう少し早漏になったら、日本とフランスの高速鉄道のセールス競合もなくなるのかもしれない。ぼくは、黙々とユーカリの葉を食べるコアラを眺めながら、「君は一日が三十六時間になったら、ユーカリの葉を食べること以外の余暇の過ごし方を見つけないとなぁ」と考えた。

帰国の途に着いたキングスフォード・スミス空港で、島崎室長がぐったりしていたので、ぼくは「大丈夫ですか？」と声をかけた。

「んー？　生理なの……」

なんとも応えようがない。「お疲れさまです」と言うのも変だし、本省内の執務中であれば「今日はゆっくりしてください」とか「早退してください」とも言えるけれども、これからのフライトは、地球の自転周期とは関係なく八時間は八時間でしかない。

「中村君の計画ってさぁ、いずれは約二ヶ月に三回、生理になっちゃうってことだよね。それって、女性にはつらい社会だなぁ」

どうやら、ぼくの上司は、各国の官僚よりは部下の計画案を正しく理解しているらしい。

「いまの国際原子時で測った三十六時間が一日になるころには、きっと、女性の月経周期も環境適応していると思います」

ぼくは、島崎室長に気休めを言うことしかできなかった。

04　マリー・アントワネット撲滅計画

「中村君さぁ……、ひと月の携帯電話代って、いくらぐらい？」

「二千円ちょっとです」

島崎室長が新しく仰せつかった課題は、経済インテグレート・サステナブル・ソリューション室（通称ＫＩＳＳ室）の開設後、初めての庶務省の管轄らしい仕事だった。

「ふーん、庶民には、それが高いのか……」

（室長は公僕だから、庶民のうちには入らないんだろうか？）

「室長はどれくらいですか？」

　島崎室長は、仕事をぼくに振ったあと、自席で堂々と携帯電話でゲームをしている。通勤電車の中でもよく見かける、宝石の色が揃（そろ）うと段が減っていくゲームとか、怪獣どうしを闘わせるゲームとかだ。ぼくはガラケーと呼ばれる第三世代の携帯電話しか持っていないので、それにどれくらいの通信費がかかるのかは知らない。けれども、彼女の携帯電話代が高額であることは容易に想像がつく。

「知らない」

「はぁ？」

「官給品のスマホだから、わたしのところには請求書が来ないんだもの。だから、知りたくても分からないんだよ」

「ご自身の携帯電話は持っていないんですか？」

「ふたつも持つなんて面倒でしょ」

　こういったキャリア官僚が携帯電話代を下げるための方策を考えていると知ったら、島崎室長のいう庶民は腰を抜かすだろう。なかにはぎっくり腰になってしまう人もいて、夜、携帯電話を眺める時間が減るかもしれない。

「なんかさぁ、二千円を高く感じているんだったら、フラペチーノのトッピングを少し我慢すればいいと思わない？」

（室長はマリー・アントワネットか？）

「二千円というのは、かなり安いほうだと思います。ぼくは、ほとんど携帯電話を使わないし、プライベートのメールは自宅のパソコンを使っていますので」

「友だちと夜中に長電話とかメッセージのやりとりとかしないの？　中村君って、なんか寂しい生活を送っているんだね。わたしなんて、ゆうべもサンクトピチルブルクの友だちと一時間くらい話したよ」

ぼくは、東京とサンクトペテルブルク間の電話代をインターネットで調べた。各社とも一分間当たりの音声通話料金が概ね二百十円だから、一時間の無駄話をすると一万二千円はかかったはずだ。

「ご自宅の固定電話ですか？」

「いまどき、ひとり暮らしのマンションに固定電話なんて引かないでしょ。キャリア官僚は、いつ地方に行くか分からないんだし」

きっと、島崎室長は「携帯電話代を払えないなら、サンクトペテルブルクまで飛行機で行けばいいじゃない」と思っているのだろう。そう思うぼくも、学生のときに付き合っていたガールフレンドに「こうやって夜中に長電話するのはもったいないから、いまからタクシーで遊びに行ってもいい？　そしたらキスもできるしさ」と言われたことがある。ぼくは、まだ二十六歳だけれど「あのころはよかった」としみじみ思う。

「まぁ、中村君みたいに二十六にもなって親と同居していると分からないかもしれないけどさ」

島崎室長が歳下のぼくを小馬鹿にしたように言う。ぼくは、何かのときに「親のマンションに住んでいる」と言った記憶はあるが、「親と同居している」とはひと言も話していない。父は、祖父の経営していた小さな貸金業を一代で巨大リース企業にした経営者で、「蟻(あり)の巣穴からクレムリンまで貸せないものはない」と豪語している。父の投資目的で所有しているマンション棟が、一室の月額家賃百六十万円というぼったくりの設定にもかかわらず人気が出てしまったので、黒字減らしのために三万二千円で借りているだけだ。国家公務員への利益供与になりかねないので、領収書の名目は駐車場利用料となっている。もちろん、両親は自分たちの屋敷に住んでいる。

「あの……、携帯電話代の平均は一人当たり月額八千円前後と言われていますので、三人家族の世帯ですと二万五千円くらいだと思います」

「うへぇー、そんなに高いの？」

（室長は、ひとりでもっとかかっているはずです）

「端末代金の分割払いとか、長期契約割引とか、光ネットワークとの抱き合わせ商法とかで、いろいろな料金プランがあるので、精緻な値を出すのが困難なんですけれど……」

「そのお金があったら、結婚相談所の月会費が払えるじゃん」

（なんだか急に小市民になったな。マリー・アントワネットだったら「それくらいなら、ドレスの裾を少し短くして、殿方を誘惑すればいいじゃない？」と言ってほしかったのに……。だいたい、室長は結婚相談所に入会を考えていたのか）

ぼくは、島崎室長が仰せつかった課題に対する方策は何も思いつかなかったが、とりあえず公用文書作成のテンプレートを開き、『【上申】マリー・アントワネット撲滅計画』とだけ入力した。

　ぼくは、計画案の名称を作ってみたものの、内容をまったく思いつけなかった。だいたい、内閣官房が国民の携帯電話代を心配して、民間企業に「料金を下げろ」と圧力をかけること自体に疑問を感じる。携帯電話代の音声通話にかかる料金を下げたいのか、ゲームや動画のデータ通信も含めた全体の料金を下げたいのかもはっきりしない。しかも、そう言っているわりには、経済産業省や消費者庁に通信費の世帯支出平均の算出も求めていない。圧力にしても指示にしても「現状の料金の××円は高いので、××パーセントの削減を求める」というような具体案を示してくれなければ、方策を考えるこちらとしても文書を作成する糸口を見つけられない。

　世界に目を向ければ、5Gとやらの次世代通信網を整備するために通信業界全体が設備投資に精を出しているのだから、日本の携帯電話各社も料金に研究開発費を上乗せして、その覇権争いに参加してもいいのではないかと思う。ぼくが生まれたころは「電子立国日本」という言葉があったらしいけれども、いまの政財界には再び電子機器業界で世界のリードを獲る気概はないのだろうか。

　とりあえず、ぼくは、島崎室長の携帯電話料金が、どれくらい税金で賄われているのかを調べることにした。ひと晩で一万二千円も電話代がかかっていたと知れば、滅多に頭を使わない彼女も、少しは方策を考えるかもしれない。

庶務省内は、本来、部局単位で予算を策定しなくてはならないが、ＫＩＳＳ室は島崎室長とぼくしか職員がいないので、庶務省・総務局・庶務課・総務係という間違い探しに使えそうな名前の部署が、管理会計を代行してくれている。なお、労務管理は総合企画課・総務係が行っており、島崎室長によると「お金のことはしょむそむで、残業のことはそきそむ」とのことだが、ぼくは、「しょむそむ」と「そきそむ」がごっちゃになってしまう。ぼくは、その「しょむそむ」に行き、昨年度の室の支出額内訳を見せてもらった。

「昨年度のＫＩＳＳ室の通信費は、六、六六六、六五六円ですね」

総務係の女性職員は、そう教えてくれて、「ちぇっ、あと十円多く使ってくれれば、ぞろ目だったのに」と残念そうに舌打ちする。ぼくは、十円でも税金を無駄にしなくてよかったと思いながら、月額を暗算した。

（五十五万円……）

「これって、ＫＩＳＳ室の固定電話とかネットワーク使用料も含めた額ですか？」

「固定回線とデータ通信は省から歳出していますので、各部局には負担をかけていません」

「そうすると、これは、室長の携帯電話代ということになるんですか？」

「えっと……、あら？　中村さんは、携帯を支給されていないんですね。夜間や出張中の連絡は、どうなさっているんですか？」

「あの室長ですから……」

「まぁ、そうですよね」

微妙なところで総務係の女性と意見が一致して、彼女が声を小さくして話しかけてくる。

「ここだけの話ですけれど」

「ええ」

「島崎さん、よく夜間にロシアと通話をなさっていて、公安も内調（内閣情報調査室）もマークしていますから、お気をつけたほうがいいですよ。いまのところ、いい男がいないだの、部下は友だちのひとりも紹介しないだのといった愚痴ばかりで、本省の政策を他国に漏洩（ろうえい）している事実は摑（つか）めていないようですが、公安ではロシア語の暗号解析を始めるみたいです」

「何を、気をつければいいんですか？」

「それは分かりませんけれど……」

（それなら、変なことは教えないでほしい）

「とりあえず、中村さんのお友だちとかを紹介してあげればいいんじゃないかと……」

「室長にですか？　友人に迷惑がかかります」

「ですよねぇ。あっ、わたしは二十六で中村さんと同い歳ですから、よろしくお願いします」

ぼくは、あきれて自席に戻ったが、島崎室長はまた携帯電話でゲームをしながら「あちゃ」とか「えいっ」とかと声を上げていた。

（月額五十五万円……）

冷戦期のアエロフロートであれば、毎月二度はサンクトペテルブルク在住の友だちと会えて、心置きなく、部下への愚痴を話せたことだと思う。島崎室長がマリー・アントワネット的な物言いをするなら、「サンクトペテルブルクに行く旅費がないなら、国際電話で夜通し話せばいいじゃない？」ということになる。

ぼくの父は「糸電話から通信衛星まで貸せないものはない」と豪語するリース企業の経営者だが、彼は、税金を一銭たりとも多く払わずに、使える公共サービスはとことん使い尽くすために、自分の子どもに社会保険労務士の資格を取るように厳命している。その信念は、自社の役員、社員に対しても同じで、父の会社の社員は、毎年、「確定申告休暇」なるものが与えられ、医療費控除はもちろんのこと、通勤費、スーツ代、クリーニング代はもとよりヘアスタイルを整えるのもお客様に好印象を与えるための経費として申請させられている（頭髪の少ない社員には手当てを支給して、無理やりにカツラを購入させている）。

最近は、役員の忘年会で、料亭の駐車場にストレッチリムジンを並べ、テイクアウトだと言い張って消費税を二パーセント節約したとのことで、料亭の板場と駐車場を何度も往復させられた秘書課の社員がぼくに愚痴をこぼしてきた。

父にしてみれば、税金から俸給を得たうえに、官給品の携帯電話で月に五十五万円も税金を使っている島崎室長は称賛に値することだろう。言ってみれば、島崎室長は、俸給から差し引かれる税金以上の金額を、税金から取り返している。こんなことが父に知れたら、ぼくも官給品の携帯電話を持つことを強要されて、それを父の会社の社員に貸せと命ぜられるに違いない。

その夜、ぼくは以前のガールフレンドに電話をかけた。

「ひさしぶりぃ。こっちは、ちょうど昼休みだよ」

「うん。ひさしぶり」

彼女は、高専を修了後、東京工業大学に編入して、防衛省に技官として入省している。いまは、NATO本部に出向中だ。高専の同期の中では出世頭と言ってもいい。

「これ中村君の個人の電話でしょ? まだ、番号変えてなかったんだね」

「そうだけれど……」

「じゃあ、電話代がもったいないから、こっちからかけ直すよ」

「その携帯電話って、防衛省からの官給品?」

「NATOか防衛省からの支給品だけれど、どっちだったかなぁ。どっちにしても、わたしからかければ気兼ねなく話せるから、一旦切ろうよ」

彼女が屈託のない声で言う。

「声を聞きたくなっただけで、用事はないから、かけ直さなくてもいいよ」

「元カノの声を聞きたいなんて、何か落ち込むことでもあったの？　もしかして庶務省だけに、しょむしょむ、しょんぼりしちゃっているとか？　今度、EU本部に用事作って、ブリュッセルに遊びにおいでよ」

（さっきまで君の声を聞けて懐かしかったけれど、いまし方、落ち込んだよ）

ぼくは、国際電話料金がブリュッセルとの往復の航空代金に達する前に電話を切った。

その後、「公務員には、携帯電話を二台支給し、一台は各省で通話を記録・保管することとし、もう一台は自由に使えるが通信費を俸給から天引きする」という内容の『【上申】マリー・アントワネット撲滅計画』を完成させた。

島崎室長はゲームに夢中だったので、総務局へのメールに上申書を添付して送る。二時間後、総務局の次長から「余計な資料を作るのに、税金を無駄遣いするな」との回答が来て、ぼくの計画案は即日却下となった。

05　CⅠOリニア輸送計画

「中村君さぁ……、北極大陸と南極大陸なら、どっちが好き？」

ぼくが、北半球の主要都市間の距離をインターネットの地図サイトで計算していると、島崎室長に訊かれる。

（北極大陸？　室長、大丈夫なのか？）

「中村君、いま、北極大陸なんて言う阿呆がどこにいるんだって思ったでしょ？」

ぼくは、そのとおりだったので、黙って仕事を続けた。

「小難しい顔で仕事をしているから、ジョークでリラックスさせてあげたのに」

（ほんとは言ったあとに自分の間違いに気づいたくせに）

ぼくは、上司に合わせてジョークを言ってみることにした。

「まぁ、南極にはペンギンしかいませんけれど、北極にはシロクマとペンギンの両方がいますから、北極のほうがいいです」

「でしょでしょ。中村君と意見が一致するのって、めずらしくない？」

「ええ」

「たしかにさぁ、ヨーロッパと北米大陸の海上輸送に北極航路は便利だと思うけれど、シロクマやペンギンの棲み家を奪ってまで、氷を割る必要があるのか疑問なんだよ」

失言を失言で上塗りする閣僚に似ていると思いながら、ぼくは、やっと仕事の話が始まったことに安堵する。地球温暖化で北極の氷塊が小さくなり、北極海における船舶の安全航行が可能になってきた。そこで、北半球の各国は、いっそのこと、氷塊を割って直進する航路を作れないかと言い始めた。スエズ運河とパナマ運河の航行料が高騰していることもあり、各国にとって魅力的な航路になることは間違いない。けれども、それは環境破壊だという反論があり、その協議に経済インテグレート・サステナブル・ソリューション室（通称ＫＩＳＳ室）が日本の代表として参加することになった。

なぜ、庶務省のふたりしかいない小さな部局がそれを担当するのか甚だ疑問だ。日本にとっては北極航路の魅力がないのが理由のひとつだろう。原油の輸入はインド洋経由のほうが有利だし、輸出入ともに主要な相手国の中国は隣国だ。経済成長の著しい中国の力をもってすれば、数年後にはユーラシア大陸と日本の間には橋が架けられて、海上輸送に頼る必要もなくなるだろう。主要輸出品の自動車は、ヨーロッパよりも北米大陸への輸出を重視しているので、西海岸へは北極航路ができても関係がない。東海岸までの海上輸送を考えても、カムチャッカ半島沿いに北上し、ベーリング海とグリーンランド沖を航行して大西洋に達するよりも、高いパナマ運河を通ったほうが安上がりだ。

「あっ、分かった。要するに……」

島崎室長が何かに気づいたようだが、ぼくは、彼女の「要するに」が好きではない。あと五分で定時なのに、彼女が「要するに」と言い始めると短くても十分は話し続ける。

「今回の案件って、わたしがすることじゃないのよ。もうすぐ定時だし、あとは中村君にお願いしていい？」

「どうしてですか？」

「北と南、つまりNとSでしょ。南極航路ならわたしの担当だけど、北極航路は中村君の担当だよ」

どうやら、島崎室長はイニシャルで仕事を押し付ける算段を思いついただけのようだった。

（どっちにしたって、室長は仕事をしないくせに……）

「ロシア語だとセベルですから、島崎室長のC（セ）です。仮に南だったとしてもユグで、由香さんのЮ（ユ）ですけれど」

島崎室長は、英語はからっきし駄目なくせにロシア語に堪能だ。ぼくは、彼女に合わせて、ロシア語のイニシャルを並べる。

「中村君、そんなくだらないことを調べていたの？」

「調べているのは北極航路の各都市間の航行距離ですが、ロシアの都市で北とか南がついていたので、さっき覚えたばかりです」

「あら、そう……」

旗色が悪くなった彼女は、それでも帰り仕度を始める。

（待てよ。N極とS極ってことは、磁場の影響を考えれば、氷解させなくても航路を作れるかも……）

「じゃ、あとはお願いね。中村君がロシア語で資料を作ってくれるなら、プレゼンはわたしがするから。ちなみに、南はユグだけれど、南極はアンタルティカで英語と同じだよ」

「お疲れさまでした」

ぼくは、いてもいなくても変わらない島崎室長を見送り、すぐに『СЮ（セーユー）リニア輸送計画書』の作成に取り掛かった。

アラスカのフェアバンクスで開催された「北極航路　環境アセスメント会議」で、日本案を発表する段になって、島崎室長はかなり慌てたようだ。彼女は、東京大学の入学試験でさえ一夜漬けで済ませたと豪語するほどなので、部下が作ったプレゼン資料を事前に見ることはない。北極航路の是非を議論するのに、なぜ、彼女がピングーのTシャツを着ているのかは、あとで考えよう。

「このCЮっていうのは何の意味だ？」

北極航路とはほぼ無関係だが、海洋環境の破壊は許せないという立場のオーストラリア人科学者から、資料の鑑(かがみ)を見ただけで質問が来る。「えっと……」と初めて資料をめくる島崎室長の隣で、ぼくがオーストラリア人に答える。

「これから計画案を発表するユカ・シマザキのロシア語のイニシャルです。日本ではオウンネームを後ろに書くので、CЮとなります」

「何よ、それ？　いつ、わたしの名前を計画案に使っていいって言ったの？」

島崎室長が耳打ちをしてくる。ぼくは彼女を無視して説明を続けた。

「というのは、日本の官僚の下手(へた)なジョークで、磁場のN極とS極を指しています」

「そうだと思った。リニアだからな」

オーストラリア人科学者は、攻撃的な姿勢でプレゼンの出端(でばな)をくじくことに失敗し、苦々しい表情のまま「ふむふむ」といった感じでうなずいてみせる。島崎室長も、渋々といった感じで、自分の名前を冠した計画案を、めずらしく日本語で棒読みした。

「日本案は、つまり、北極の地磁気の強さを利用して、S極のスタビライザを船底に設置した船舶を、北極の氷塊の上に浮かせて走らせるということか？」

島崎室長よりも理解の速いオーストラリア人が、質問を投げかけてくる。CO2を撒き散らしてオーストラリアからアラスカまで来ただけのことはありそうだ。

「ええ、そのとおりです。ただ、船舶を安定させるために両舷にオールのような支柱を出しますので、その設置部分だけにレールを敷くほうが、環境への負荷は小さいと考えます」

「ハラショー」

ロシア人科学者が、ぼくの計画案を絶賛してくれる。彼女は、日本の古いアニメのファンなのか、『銀河鉄道999』のメーテルが金髪をなびかせる姿をプリントしたTシャツを着ている。Tシャツに描かれたメーテルも、同じTシャツを着ていれば、そのロシア人は「歩くフラクタル」になりそうだ。けれども、見事なブロンドヘアなのに、メーテルを真似て黒く長い付け睫毛をつけてしまったせいで、端整な顔立ちのバランスを崩している。

（ナチュラルメイクなら美人だったろうに……。メーテルって金髪なのに、どうし

て睫毛は黒いのかなぁ）

ぼくは素朴な疑問を感じつつ、機械化人間にも設計ミスがあったのだろうと思うことにした。

「さすがに日本人の発想は豊かだ。スペース・バトルシップ・ヤマトのように、船舶を空中に浮かせるということか？」

（あんな大きくて、突起物もたくさんある金属の塊が大気圏外に脱出できるわけないだろ）

「ほんの数センチ浮かすだけなので、水中翼船を完全に氷上に浮かせるようなものだと考えたほうが実現可能な計画に近いかと思います」

「君は、日本人のくせに夢がない」

ここは夢を語る場ではないので、ぼくは彼女の評価に甘んじた。けれども、ロシア語を披露する機会を得た島崎室長が、ここぞとばかりに口を開く。

「彼はワーカホリックなのでアニメを見る時間がないのです。シベリアのような広い心で、どうか彼を許してあげてください」

（シベリアのように冷たい心の持ち主だったらどうするんだ？）

　ぼくは、ロシア人科学者の質疑応答は島崎室長に任せて、他の国々からの質問に応対することにした。

「レールを敷設するとなると、人気のある直線航路はスエズやパナマのように渋滞することにならないか？」

「レールの敷設は、運河を掘るよりも低コストかつ短期間の工事になるので、複線化が容易に可能です」

「船舶の支柱がレールの上を走るなら、その摩擦熱で、北極の氷塊を溶かしてしまうことにならないか？」

「まだ仮説なので検証は各国の協力を要しますが、レールに対して船舶との斥力がかかるので、氷塊全体は若干浮力を失うはずです。その結果、氷塊の海上体積は太陽光による溶解を削減できて、プラスマイナスゼロというあたりだと思います」

「オーチン・ハラショー」

　島崎室長の理解力のなさを察したのか、ロシア人科学者が、またぼくに話しかけてくる。

「北極に銀河鉄道の軌道を作るのと同じだから、冬の極夜には、蒸気機関車が煙を上げながらオーロラの下を走るのか。ハラショー。君には夢がある」

（宇宙空間で、どうして蒸気機関車の煙が出るのか、疑問に感じたことはないのか？）

けれども、彼女の絶賛によって、他の国々の（ぼくと同じように夢のない）科学者が、この計画案の欠陥に気づいてしまう。

「氷上に浮いた船舶の推進力は、どうするんだ？」

（何せ三日で作った計画なので、それを思いつけなかったんだよなぁ……）

計画の名称の「リニア」も、当初はリニアモーターカーを想定してつけたものだが、電源の確保が難しく、二日目の定時間際に「直線的」という意図しか残さない資料に改稿した。

「検討中です。船舶のスクリューをプロペラにすることも考えましたが、構造的に無理があります」

「スペース・バトルシップ・ヤマトのようにウェーブ・モーション・キャノンを後ろに向けて噴射すればいい」

（次元波動爆縮放射機っていうくらいだから電磁波の一種なんだろうけれど、大気

圏内で照射したときの影響を考えろよ）

夢見がちなロシア人だけが現実的な課題に反論してくれる。けれども、仮に船舶の推進力を賄える巨大なジェットエンジンを装着しても、氷上近くでそんなものを稼動させれば、その排気熱が環境汚染源となってしまう。

それくらいなら、アメリカ、ロシア、中国の各国で作り過ぎてしまった大陸間弾道ミサイルに運搬籠をつけて荷物を運んだほうが得策だ。旧式になってしまった兵器の廃棄に苦慮している各国は、それらを平和的に再利用できて一石二鳥である。

「君の考えた『国際原子時（ＴＡＩ）連動景気対策』のときのように、セイルを利用できないか？」

（このフランス人、どこにでも顔を出すなぁ……。でも、ぼくに助け舟を出してくれるってことは、日本人の男から元カノを取り戻せたのかも……）

そうは思うが、彼も、島崎室長とぼくがいったい何をしに国際会議に来ているのか疑問を感じているに違いない。

「帆船は天候への依存度が高いので、現在の貿易には向きません」

「それもそうだな。君は夢がない」

（御意(ぎょい)）

その後も、メーテル似のロシア人科学者は、クイーン・エメラルダスが所有する飛行船型の船舶でどうのこうのとぼくの計画を擁護してくれたが、『CIOリニア輸送計画』はお蔵入りとなってしまった。

「落ち込んでいるなら、夕ご飯くらいご馳走(ちそう)するけれど」

会議後、めずらしく島崎室長に夕食に誘われる。廃案になったものの、会議の出席者に「シマザキ・ユカ」の名前は深く刻まれたので、彼女は会議中も含めて、終始、機嫌がよかった。ぼくは、せっかくなので、北米大陸の最北端にあるマクドナルドでダブルチーズバーガーをご馳走になった。

「わたしの計画を試行だけでもしてくれれば、わたしたちも工事に立ち会えて、ペンギンを見られたのに……」

（いやいや、室長のイニシャルは借りましたけれど、計画案を作ったのはぼくですから……）

「一週間も前の冗談をぶり返さないでください」

ぼくがあきれて、ハンバーガーにかぶりつくと、「えっ?」という島崎室長の声が聞こえる。

「何が『えっ?』なんですか?」

島崎室長も、そこで自分の勘違いに気づいたのだろう。

「いやいや、北極にペンギンはいないとされているみたいだけれど、いないことの証明は難しいからね。わたしが言ったのは、北極ペンギンを探しに行きたいってことだよ」

ぼくは、島崎室長がアラスカにピングーのTシャツを着てきた理由が分かってあきれてしまう。せっかくの計画に島崎室長のイニシャルを冠したことが、そもそもの失敗だったのだと、やっと気づいた。

06　日本英語における島崎式発音法

「中村君さぁ……、ベルギーはヴェルギーじゃないよね？」

ぼくは、ブリュッセルでホワイトアスパラガスの美味しそうな店を探していたところだったので、島崎室長に「そうでしょうね」とだけ答えた。

「むぅ……、じゃあ、何が間違っているのかなぁ」

島崎室長が英語を苦手としているのは知っているが、さすがに、一週間後に出張で訪れる国の綴りくらいは知っているはずだ。BとVをきれいに分けて発音できるのだから、無駄話の糸口を探しているだけだろう。ぼくは、彼女のたくらみに載せられて時間を無駄にしないために、パソコンの画面に集中した。

「サンクトピチルブールク経由でベルギーに行くから、庶務課にロシア語で言っても通じないだろうと思って、サンクトペテルヴルク経由で行く申請をしたら、理由もつけないで突き返されたのよね」

島崎室長は、ぼくの作業にはお構いなく執拗(しつよう)に話しかけてくる。

「ええ。サンクトペテルブルクの英語表記はBですからね」

「そうなの?」

「それ以前に、先般の在外公館名称位置給与法の改正で、公文書作成時には、Vのカタカナ表記をバ行に統一することになりました」

島崎室長は、公文書の作成をすべて部下に任せるので下達(かたつ)文書を読んでいなかったのだろう。

「なんで?」

「外務大臣が発音できなかったからじゃないですか」

「ああ、なるほど。てことは、モスクヴァもモスクバになるの? なんかカバの仲間みたいでおかしくない?」

島崎室長は、何かがツボにはまったらしく、ひとりで笑い出す。ぼくは、そんな彼女を温かく見守った。

（大半の日本人にとってロシアの首都はモスクワなので、室長は気にしなくても大丈夫です）

「それより、庶務課で出張申請が通らなかったのは、ブリュッセルに行くのにアエロフロートを使うことと、サンクトペテルブルクでのトランジットが問題視されているんだと思います」

「なんで？」

（月に五十五万円も税金を使ってロシアと国際電話をしているから、室長は公安にマークされているんです）

「いろいろと……」

島崎室長が公安にマークされていることは庶務課から口外しないように言われているので、ぼくは言葉を濁した。

「ＥＵ本部のあるブリュッセルに直行便がない日本は、いかにアメリカばかりを見てＥＵを軽視しているかの顕（あらわ）れだと思うけれど、中村君はどこでトランジットするの？」

「ヘルシンキです」

「隣国経由で行くほうが合理的かつ一般的じゃない？　遠い国の航空会社を潤すよりも、隣国の航空産業に貢献するのが公務員としての矜持というものでしょ」

島崎室長に公務員の矜持があるか否かはともかく、そう言われると、ヘルシンキでトランジットする理由は、早めにシェンゲン協定の加盟国に入国する以外に合理的な理由が見つからない。ソ連崩壊前ならば「アエロフロートは安いだけでホスピタリティがいまいち……」という理由もあるかもしれないが、いまでは、エアバス社の機体をトリコロールカラーに塗り、ビジネスクラスのアメニティグッズにはフランス製の基礎化粧品が採用されている。ブレジネフが生き返ったら、自国はド・ゴールに征服される運命だったのかと打ちひしがれて、頑なに鉄のカーテンを閉じていたことを後悔するかもしれない。

「まっ、中村君の好きなエコノミークラスじゃ、大国ロシアにとっては微々たる経済貢献だけれど、ヘルシンキに彼女でもいるの？」

(室長が勝手にビジネスクラスで税金を使っているだけだろ)

「ブリュッセルには学生のときに付き合っていた女性がいますけれど、ヘルシンキはトランジットだけで空港から出ません」

「えーっ、それって、出張にかこつけて元カノに会いに行くってこと？　そりゃ、駄目だよ。仕事とプライヴェートはちゃんと分けないと」

（室長に言われたくない……）

「違います」

「中村君さぁ、真面目そうな顔で『違います』って言われても、上司とホテルを別にする時点で疑われて当然でしょ」

「ぼくのホテルはEU本部に歩いていけるフランス資本のホテルチェーンです。島崎室長みたいにグランパレスに近い一泊五百ユーロのホテルとは違います」

「そうは言ったって、国際会議前に自国だけで方針を確認することだってあるんだから、普通は上司と打ち合わせをしやすいように配慮するのが、部下の心得というものの」

（会議の席についてから、ぼくが作った資料を確認するくせに。このパワハラ上司め）

「駐在大使館にも近いので、もし打ち合わせの必要があれば、そこでお願いします」

「ＥＵとの会議に出るのに、なんで日本大使館に行かなきゃならないのよ？」

島崎室長が出張先で駐在大使館に行きたくないのは、仕事をしていないことが知られてしまうのを避けるためだ。そんなところに行けば、当然、キャリア官僚どうしの付き合いもあるし、話の流れで本省内の状況も訊かれるのだろうが、彼女は、仕事をすべて部下に押し付けているので、それに答えられない。

「大使館なら会議室も貸してもらえますし、夕ご飯もご馳走してくれます」

「ブリュッセルの日本料理店に連れて行かれて、税金で変なお寿司を食べるのが楽しい？　初夏のブリュッセルに行くなら、普通、ベルギービールとホワイトアスパラガスでしょ」

(御意。ただ、いまは夕食のことではなくホテルの話でしたよね？)

「で、美味しそうな店は見つかった？　いま、調べていたんでしょ？」

島崎室長は、キャリア官僚だけあって、そういう点だけは勘が働く。

「室長の一泊五百ユーロのホテル付近は、観光客向けの店ばかりで、ビールの飲み比べセットが二十ユーロもします。小便小僧はいますが、美味しいホワイトアスパラガスはあまり期待できそうにありません」

「あら、そう……。でも、中村君がホテルに元カノを連れ込むとなると、出張申請、却下したいなぁ」

「どうぞ」

（室長だけで会議を乗り切れるなら、ぼくは東京でのんびり過ごせます）

以前のガールフレンドに会う予定はなかったし、いまが旬のホワイトアスパラガスを食べられなくても、残念ではあるが困るということもない。だいたい、ロシアに政策を漏洩しているのではないかと公安から疑われている島崎室長と、防衛省からNATO本部に出向して順調に出世している彼女に接点ができれば、公安も看過できなくなるだろう。こんな上司のせいで、NATO本部で働く彼女がペルソナ・ノングラータとして強制出国になったら、夜中にタクシーで部屋に来てくれた彼女との甘い思い出さえ吹き飛ぶ。否、ペルソナ・ノングラータくらいならましなほうだ。横断歩道のない道路を横切っただけで別件逮捕をされ、身に覚えのないことを延々と尋問されるかもしれない。

そう考えると、急に島崎室長が怖くなってしまう。彼女の本当の姿は部下の作成した資料もろくにチェックしない官僚だが、東京大学経済学部卒という経歴に騙された周囲は、ロシア語の愚痴に暗号が隠されているのではないかと疑っている。まだ節度のある阿呆の範疇に収まっているが、仕事以外に関して勘のいい島崎室長は、NATO本部の彼女を見つけて話しかけてしまうかもしれない。ブリュッセルに日本の官僚がどれくらい勤めているかは知らないが、二十六歳前後の女性というキーワードで検索をすれば、多くても二、三人しかいないだろう。

「やっぱり、ぼくも室長と同じホテルに変更します」

「あら、そう？　お気遣いスパシーバ。ついでに、ホワイトアスパラガスの美味しい店のピックアップと、ノイハウスっていうチョコレート屋も探しておいて」

「ええ、あと、ベルギーワッフルも調べておいたほうがいいですよね」

「あれ、美味しいの？」

（知るかよ）

「プラーグでも、似たようなものを食べたけれど、手が汚れただけだったから、中村君だけで食べに行って。そんなものを食べるくらいだったら、合法大麻屋に行ったほうがいい」

（なぜ、プラハだけ英語読みするんだ？）

　ぼくは、ＥＵ本部のある国の英語ないしフランス語の綴りさえ知らないくせに、突然、諜報部員に人気のありそうな街を英語読みされて、上司の計り知れない不統一感に怯えた。しかも、省内で公然と大麻を吸いたいと口にする感覚が不気味だ。

「プラハには、お仕事でいらっしゃったんですか？」

「ううん、学生のときに旅行して、プラーグで知り合った人と意気投合しちゃったから、サンクトピチルブールクの彼女の部屋に、ひと月くらいお世話になったの」

（いかにも、公安が好きそうな経緯だなぁ）

　島崎室長がプラハに行ったのが公務員試験のあとで、彼女と知り合ったきっかけがベルギーワッフルに似た屋台スイーツを食べているときで、ちょっと袖を汚されて「あっ、ごめんなさい。わたしのホテルでランドリーサービスに出します」とかって言われて、聞いてみたら偶然にも同じホテル……とかっていうんじゃないだろうな。それで、彼女は、偶然にもサンクトペテルブルク大学の日本語学科に在籍していて、「よかったら、エルミタージュ美術館も見に来てよ」と誘われ、本当は申請に三日くらいかかるロシアの入国ビザが（ヴィザだけれど）すぐに用意されて、彼女の部屋に行ってみたら性行為に及んで、一緒にベッドに入っている写真を撮られてしまった……とか、公安ではないぼくでもシナリオを書ける。

「ところで、いまの中村君の発音だと、プラーグはLみたいに聞こえたけれど……。ガムガム大臣はBとVの発音に寛容になっても、他に言及しないってことは、いままでとおり『LとRの発音は気にしろ』ってことじゃないの？」

ぼくは、パソコンでプラハの綴りを確認してから、巻き舌を使って言い直す。

「すみません。プラハでした。ただ、日本語表記ではどちらもラ行ですから、公文書の作成のときに気にしなくてもいいんです」

「そうだけれど、遥か彼方のベルギーのLより、ロシアのRを正しく発音するのが、善き隣人としての務めというもの。日本人の大半は、白紙の世界地図を見せられて、ベルギーを正確に指差せないと思うけれど、九割方の人はロシアを示せるからね」

（ユーラシア大陸の北側に指を置けば、大抵はロシアだからだろ）

「そうでしょうね。あと、『言え』とか『呼べ』という指示ではなく、公文書上の表記なので、室長はモスクヴァとおっしゃっていても問題ありません」

「でも、同じ隣国の首都でも、ヴェイジンはベイジンって書くわけでしょ」

「北京はもともとBです」

「そうだっけ？　ロシア語だとピキンだから、気にしたことなかった」

ぼくは、インターネットの翻訳機能で「プラハ」をロシア語に変換してみた。

（プラーガってことは、さっきのは訛(なま)ったロシア語だったか、ぼくがロシア語のΓ(ゲー)を聞き分けられなかったのかもしれない）

「要するに……」

ぼくは、島崎室長の口癖が始まったので時計を見た。すでに二十分以上も無駄話に付き合わされている。そのうえ、いつの間にか、ぼくは、一泊五百ユーロのホテルを予約しなくてはならない窮地に追い込まれたし、ブリュッセルに以前のガールフレンドがいることまで口を滑らせてしまった。

（もしかして、室長は本当にロシアの諜報機関の関係者なのか……）

そして公安は、島崎室長を泳がせるために、経済インテグレート・サステナブル・ソリューション室なんていう仕事のない部署を作って、資料も作れない彼女を、無駄に国際会議に出席させているのかもしれない。ぼくは、今回ばかりは、彼女の長い「要するに」に付き合うことにした。

「日本は、地名に関しては現地の発音主義みたいなことを言っているけれど、本当は、最初に聞き取れた発音に倣(なら)っているだけだよね。母なんて、いまだに自分の車のことをベーエムヴェー(BMW)って言っていて気持ち悪い。それから、イギリス。『イギリスって、どこの国よ?』って感じ。極めつけがニッポン。『I'm Nipponese』とか、うどんを指して『This is Nipponese Pasta』って言っても、日本人にさえ通じない。もう全然駄目。駄目すぎて、一周も回れずにアルゼンチンあたりの地方都市の名前かと思っちゃうよ」

(島崎室長でも英語を話せたのか。通じないけれど)

「それに、台湾も入れると五つある隣国は、正しいカタカナ表記もしなければ、正しく発音もできない。ついでに漢字表記さえおかしい。中華民国のくにはスーパーじゃないほうの紀伊國屋(きのくにや)のくにだし、中華人民共和国のかはイヒ十(じゅう)だからね。おかしいと思わない? 首都名にしたって、ニュウヨークをニューヨークってカタカナ表記するなら、ソールのほうが統一されている」

「室長ほど、閣僚や議員は現地の発音を正しく聞き分けられないんです」

「それな、BとVをバ行に統一するくらいなら、もうLとRは聞き取りやすいように、Lは母音にかかわらずラ、Rはウとラ行とかに統一すればいいんだよ。要するにね、火をつける道具はライター、文章を書く人はウライター、イギリスの首都はランドン、モンゴルの首都はウランバートウルにするの」

（よくしゃべるなぁ。「要するに」の中に、また「要するに」が出てきちゃったよ）

「それで、海外旅行のときに通じなかったら、かえって困るじゃないですか？」

「そっかなぁ。中村君、福井でカツ丼を頼んで、玉子でとじていなくても文句は言わないでしょ？」

ぼくは、「ええ、まぁ」とだけ答えた。

「それと同じ。キーウィのTシャツを着ている人に『グッダイ』って言われても『死ななきゃならないの？』とは、誰も思わないんだよ」

「思います」

「いやいや、笑顔で『グッダイ』って言われれば思わないよ」

「キーウィはニュージーランドにしか生息していないので、コアラのTシャツを着た人に言われれば『よい一日を』と解釈しますけれど」

「えっ、そこ？　オーストウラリアもニュウジーランドも、同じ英国じょうおうの御領地なんだから変わらないでしょ。相変わらず細かいなぁ」

（エリザベスⅡ世のことを言いたかったのなら「じょおう」ですけどね。室長は、日本語も正しく発音しないのに、どうしてこんなにLとRに拘泥（こうでい）するんだ？）

「わたし、コアウラって嫌いなんだよね」

「かわいいじゃないですか？」

「二十六にもなって、かわいいとか言わないでよ。子どものころ、両親が仕事で遅くなると、母がコアウラのぬいぐるみを居間に置いていったのよ。それでさ、母は性格が悪いから『コアウラは夜になるとユーカを食べるから気をつけてね』とか言うの。ひどいよね」

（あぁ、室長は由香さんですからね）

「きっと、わがままなお嬢様が夜更かしをしないように、たいへんなご苦労をなさったんだと思います」

「いやいや、母はLとRの発音に自信がなくて、ユーカリって言えないのを逆手（さかて）に取っただけ。かように、LとRの発音は子どもを傷つけるんだよ」

「ユーカリさんっていう名前の子どもがコアラを嫌いになったら、どうするんですか？」

「ゆかりちゃんは、もとから広島県の人に苦手意識があるはずだから、コアウラごときを怖がったりしないよ。『ふりかけはのりたまがあれば十分じゃけぇ』って、文句でも言っているんじゃないかな」

（室長は、お嬢様というよりは、王女なみに自分のことしか考えていないなぁ）

「で、百八歩くらい譲ってあげて、中村君に合わせると、コアウラのＴシャツを着た人は、ニュウヨークやランドンで『グッダイ』と言っても、相手を不愉快にさせることはないんだな。だから、日本人もニホンカモシカのＴシャツさえ着ていれば、ヘルシンキ空港で『ジャスト・トウランジット』って言っても、イミグレの職員は『ああ、日本訛りの英語だから仕方ないな』って許してくれるわけ。ヘルシンキ空港ってなんていうんだっけ？」

（さらっと、キーウィの生息地の勘違いを訂正したな）

「ヴァンター国際空港です」

「そうそう、ヴァンターね。それをバンターと言っても問題ないし、フィンエアをフィンエアウラって言ってもいいし、ムーミントロールを勝手にムーミンだけにしても、その作者がトーベ・ヤンソンでも、ニホンカモシカのTシャツさえ着ていれば、みんな笑顔で通関させてくれるわけ。関西の人が関東でたぬきうどんを注文して、天かすしか載っていなくても怒らないし、麺つゆが醤油（しょうゆ）だけかと見間違う黒い液体でも怒らないのと一緒。もうね、そういうものだと諦めさせるの。ああ、もうお昼ね。なんか、美味しいヴィシソワーズを食べたいけれど、職員食堂では、ビシソワーズって書かれているかと思うと、美味しさも半減するよ」

（どこの省の職員食堂にヴィシソワーズが置いてあるんだ？）

「いってらっしゃい」

ぼくは、島崎室長の「要するに」から始まった、日本人の苦手なRの巻き舌対策を聞き終えた。

「わたし、午後は国会図書館で調べものがあって直帰するから、モスクヴァをモスクバってガム大臣が言い続けるなら、いまのを書面にまとめて上申しておいて」

島崎室長は、たぶん、一日に無駄話をしたい時間が決まっているのだろう。午前中で満足すると、午後は国会図書館で調べものをしたことにして直帰する。

「その前に、来週のEU本部での会議の資料を作らないといけないんですけれど」

「まだ作っていなかったの？　中村君なら三日もあればできるんだろうけれど、元カノと食事をするレストランを探している暇があったら、ちゃんと仕事しなさい。じゃ」

「お疲れさま。ダスビダーニャ（さようなら）」

「だからぁ、ダスヴィダーニャだよ。気持ち悪い発音しないで。ダザーフトラ（また、あした）」

「グッダイ」

ぼくは、島崎室長を「Good Die」と見送って、ため息を吐き出した。

「ブリュッセルに住んでいる彼女と食事をするなら、自分で探すより、地元で評判の店に連れていってもらうだろ。ヴァーカ、ヴァーカ」

閉められたドアに悪態をついて、『【上申】日本英語における島崎式発音法』の資料を作った。

07　閣僚・議員の心拍数連動型アラーム

「中村君さぁ……、わたし、斜めのシートのビジネスクラスって嫌いなんだ」

ヘルシンキに向かうフライトで、ぼくが三列シートに寝転がって電子書籍を読んでいると、前方のキャビンからわざわざ島崎室長が文句を言いに来る。彼女のサンクトペテルブルク経由の出張申請は、結局、英語で書き直しても承認されなかった（もちろん、英語版はぼくが代筆をさせられた）。おかげで、彼女は、渋々、ぼくと同じフライトに乗っている。

「替わりますか？」

ぼくは、上はブラウスなのに、下はスウェットパンツという、どこの国のドレスコードにも通用しないであろう彼女を見上げて言った。ぼくも自宅からストレッチ素材の服を着てきたが、せめて、ブラウスの上にパーカーを羽織るくらいの配慮は必要だと思う。

島崎室長は、客室乗務員を呼んでロシア語で何かを話しかけているが、ここはフィンエアのエコノミークラスなのでロシア語は通じない。ぼくは、彼女に代わって「彼女と席を替わってもいいか？」と英語で乗務員に訊いてやった。

「いいそうです」

「やけに短かったけれど、席を替わっても、こっちの席にシャンパンと食事を持ってきてくれるかって、ちゃんと言ったの？」

周りがワンプレートの機内食を食べる中で、ドレスコードを無視した女性が、ひとりでシャンパングラスを傾ける無神経さにあきれる。たぶん、マリー・アントワネットや楊貴妃でも、そんなわがままは言わないだろう。彼女たちなら「こちらの庶民席にも、わたしと同じものを出して頂戴」と言うくらいの配慮は持っていたはずだ。

ぼくは仕方なく「食事のとき以外は、彼女と席を替わってもいいか」と、乗務員に訊き直した。乗務員が苦笑しながら「ヤー」と答えてくれる。

「食事のときだけ、ビジネスクラスにいてほしいそうです」

「ヤーだけで、そんなに長い意味があるの？」

（そんなに言うなら、他の乗客への配慮と、簡単な英会話を身につけろよ）

ぼくは立ち上がって、電子書籍とミネラルウォーターのペットボトルを持ってビジネスクラスに向かった。彼女が文句をつけたとおり、進行方向に向かって斜めに配置されたシートは、頭の位置が窓から遠くなるので、眼下に広がるシベリアの大地とフライトマップを見比べようとすると、腰をねじって身を乗り出さないとならない。リクライニングを倒しても、頭のそばをときどき人が通るので落ち着かないし、シート脇には脱ぎ散らかしたスカートが目に入る。ビジネスクラスといえども、できるだけ多くの客を詰め込もうとした結果なのだろうが、これならエコノミークラスの並び席を三つ予約したほうが快適だ。

電子書籍にダウンロードした小説に集中できないので、乗務員にニューズウィーク誌を持ってきてもらい、歴代アメリカ大統領の暴言、失言の特集記事をぼんやり眺めた。

閣僚や代議士の暴言、失言は、アメリカと日本だけでなく、どこの国でも同じらしい。言っているほうにしてみれば、暴言でも失言でもなく本音を吐露しただけなので、官僚には防ぎようがない。後援者の集まりで、サービス精神旺盛な彼（女）らのリップサービスを勝手に録音したうえ、話題にできそうな部分だけを切り取って公表されてしまうケースには同情するが、それで票を獲得できるのだから有権者の本音でもあるのだろう。

日本では、以前、女性代議士が「女性はいくらでも嘘(うそ)をつく」と言って問題になった。発言の品位にあきれると同時に、センスがないなぁと思う。彼女が「女性は必ず嘘をつく」と遠慮なく言ってくれれば、国会内はエピメニデスのパラドックスに陥(おち)いって、論理学における古典的かつ有意義なディスカッションをできたに違いない。

先日も、庶務大臣が「サディスティックな経済発展のために、販売形態によって異なるしかし率が適用される商品は軽減税率の対象から外したほうがいい」と言って、定期購読のみ軽減税率対象の新聞各社から叩(たた)かれた。たぶん、彼は「サステナブル」や「VAT（付加価値税）」と言いたかったのだろうし、行政府と立法府を監視する立場にある新聞は軽減税率の対象から外れたほうがいいと思うが、新聞各社が報道すると民意は違っていたらしい（付け加えると、サディスティックとまではいかなくても、スパルタンな経済施策を打ち出さないかぎり、SARSインパクトで大量に発行された赤字国債は償還できないと思う。その意味で、彼の発言は、正鵠とまではいかなくても霞的の二の黒くらいは射ていた）。その後、しばらくニュースになるような失言がなかったので、庶務省の経済インテグレート・サステナブル・ソリューション室（通称KISS室）に、EU本部で非公式に行われる「閣僚・議員の暴言、失言対策会議」への出席のお鉢が回ってきた。

いずれにしろ、そんなものは防ぎようがないので、ぼくは、ホワイトアスパラガスの美味しいレストランを探す合間に『閣僚・議員の心拍数連動型アラーム』という計画書を作っただけで、島崎室長とふたりでEU本部のあるブリュッセルに向かっている。

食事の時間になったので、エコノミークラスの自席に戻ると、島崎室長は三列シートに横になってぐっすりと寝ていた。寝返りの際に払いのけたのか、床に落ちたブランケットをかけ直しても、起きる気配さえない。中央のシートで横になっていた男性が、ぼくが島崎室長に席を譲った経緯を聞いていたのか、苦笑しながら起き上がって、彼女と通路を挟んだ席を「食事なら、ここでどうぞ」と譲ってくれる。

ぼくは、彼に甘えて、その席で機内食を食べた。

結局、島崎室長は、着陸時のシートベルト着用の十五分前のアナウンスが流れても、ビジネスクラスに戻ってこなかった。ぼくが彼女を起こしにいくとまだ熟睡中で、「リクライニングは倒していないので、このままシートベルトをしていたい」と寝惚け目でわがままを言われ、彼女を前方のキャビンに追い返すだけでひと苦労だった。

「もうちょっと早く起こしてよ。中村君のせいで、夕ご飯は食べられなかったし、トイレにも行けなかったから席で着替えなきゃならなかったじゃない」

降機ゲートで待っていた島崎室長に文句を言われる。何でもぼくのせいにしないでほしい。

(席で着替えた？　室長は、スウェットパンツの上からスカートを穿いて、スウェットパンツを抜き取ったのか)

ぼくは、脱ぎ散らかしたスカートがシート脇に置いてあっただけで目のやり場に困ったので、周囲の乗客はさぞ落ち着かなかったことだと思う。

「中村君、いま、変な想像したでしょ。ちゃんと、ブランケットの中で着替えたから、まったく問題ないよ」

島崎室長が、どうして、そういうところだけに勘が働くのか不思議だ。

「ここからブリュッセルまでは約三時間なので、スカートのままで我慢してください」

「当たり前でしょ。ていうかさぁ、ヴァンター空港って、いつも工事している渋谷駅みたいだと思わない？　そのわりに開放的な雰囲気がダンジョン感を醸し出さないから、『のんびり工事してまーす』っていうムーミントロール的な感じがする。そのうち、リトアニアとヘルシンキは、歩く歩道で繋がるよね。サンクトピチルブールク経由だったら、こんなことはなかったのに……」

「もう、そのことは忘れてください」

彼女の当初の計画では、サンクトペテルブルクでストップオーバーのオプションをつけて移動と偽り、往復で計二日をさぼるつもりだったらしい。そのために、彼女はロシア入国の公用ビザまでとっていた。ぼくは、「公安のマークがきつくなるからやめてほしい」と彼女に伝えたくなった。

「閣僚・議員の暴言、失言対策会議」は、想像とおり中身のない会議だった。会議というよりも、SARSインパクトによって自由な渡航が困難な官僚が、各国の税金でホワイトアスパラガスを食べたくて集まったのではないかと思う。冒頭のギリシア人の発言によって、昼休みは二時間、午後は男性と女性が別室に分かれて議事録を残さないという議事進行が全会一致で採択された。

初日の会議が終わって、島崎室長は「あぁ、すっきりした」とぼくとは別の会議室から出てきた。男性だけの会議室では女性蔑視の暴言が飛び交ったが、それは別室でも同じだったのだろう。議事録が残されていないので確かめようはないが、さんざん男性への罵詈雑言(ばりぞうごん)を並べて、二時間のお茶会をしていたに違いない。

ぼくは、持ってきた資料を無駄にするのも惜しいので、最終日である三日目の朝に、出席者に『閣僚・議員の心拍数連動型アラーム』の計画案を配布した。

「日本人はこんな会議にまで資料を作れるのに、どうして、大臣があんなに失言を繰り返すんだ？」

（御意。あんなにルビを振っても、サステナブルとサディスティックを読み間違えるのは、大臣がゲシュタルト崩壊をしているせいなんです）

「問題は、まさにそこにあるのです。閣僚の失言は、舌が滑らかになって、官僚の作った資料をろくに見なくなったときに発生します」

ぼくは、このところ、サッカーの試合の感想以外では失言のない首相のもとで働くドイツ人に言った。前首相もサッカー好きで、ワールドカップの決勝トーナメントで無邪気に応援する姿がよく見かけられた。かの国の新しい首相は、ナショナルチームよりも地元チームの熱狂的フリークで、官僚は会議を控えた前日のゲームの結果に一喜一憂しているらしい。もっとも、首相の贔屓のチームの勝率が五割を下回っている点は、日本よりも安心できる。少なくとも、ドイツの首相はサッカーの試合過程に税金を使っていない証左だ。

「しかし、フットボールの結果に合わせて資料を作り直していたら、こっちは家でのんびり妻といちゃつく暇もない」

「その必要はありません。まず、資料の紙を黄色とか赤という、見るだけで心拍数が上がるものに変えておきます。プロンプターの場合は、視線の先に、少し胸元の開いたドレスの女性に座ってもらうといいでしょう」

「いまの発言は、女性を性的対象としか見られない日本人特有の失言ではないか？」

イタリア人の女性官僚から横槍（よこやり）が入る。ぼくも、初日の会議で気が緩んでいた。

「申し訳ありません。彼は、ゆうべ、ブリュッセルにいる恋人に会えなかったので溜（た）まっているのです」

島崎室長がフォローをしてくれるが、そのとき、彼女につけてもらっていたスマートウォッチの画面が赤色に変わってくれた。

「溜まっているというのは、何が？」

イタリア人が追及を始めたが、ぼくは、そこで島崎室長の左腕をとって、出席メンバーにスマートウォッチを見せた。

「これが、その対策です。『溜まっている』とは、日本語で『性的フラストレーションが高まっている』という意味のスラングですが、本来は、ある程度緊張しているはずの会議でリラックスすると失言を発する傾向があります。こういう発言を避けるために、資料の色やプロンプターの先に、緊張感を持たせる仕掛けを作っておいて、閣僚の心拍数を高めに設定させます。会見中に舌が滑らかになって、心拍数が下がったときに、こうやってスマートウォッチが注意喚起をするのです。いまは、デモンストレーションのためにディスプレイを赤色に変えていますが、実際には記者に気づかれないようにバイブレーションでアラームを挙げます」

ぼくは、疑義を唱えられても答えようのない駄作だったので、一気にまくしたてた。各国の同時通訳は、さぞかし苦労したことだろう。「舌が滑らかになる」を英語やイタリア語にどう訳したかは、知ったことではない。

「なるほど。しかし、国家主席にアップルウォッチをつけさせるのは、経済政策上、問題があるな。私もiPhoneを持ちたいんだが、いまは禁止されているんだ」

「彼女にアップルウォッチをつけてもらったのは一例です。いまは、スイスの高級腕時計メーカーでもスマートウォッチを製造しています」

共産党指導部に失言があろうがなかろうが、情報統制の行き届いた中国人が言う。

「しかし、彼の場合は素のままで暴言を吐いていたから、また彼のような人物が大統領になったらと思うと、有効策にはならないな」

いまや、こういった官僚だけの会議で、元アメリカ大統領は「He」だけで通じる。

「彼は暴言を発した後にサムズアップをする傾向が見られました。貴国の技術をもってすれば、筋肉の微弱電流からサムズアップの兆候をスマートウォッチで感知できると考えています」

ぼくは適当なことを言った。GAFAの技術を結集させれば、大統領の次の発言を予測してマイクのスイッチを切ることは簡単にできただろう。もっとも、「He」以前のアメリカ大統領は、ホワイトハウスの中で女子大生といちゃついたり、英文法も覚束（おぼつか）なかったりしたから、暴言以前の問題のような気もする。

アメリカ人の次は、ぼくの出まかせを真に受けたイギリス人が質問を投げかけてくる。

「しかし、そんなことができるなら、寝癖の向きで失言の予測ができるようにしてくれないか？」

「彼の寝癖に規則性は見られませんが、ダウニング街の玄関前で振る舞われる紅茶のフレーバーによって、その後の発言にある程度の予測を立てられるのではないかと思います」

「ふふっ、日本の諜報（ちょうほう）機関は詰めが甘いな。ＭＩ５によると、フレーバーではなく砂糖の量だ」

（いやいや、釣られてＭＩ５の情報までばらしちゃうなよ。あんた、いまのが失言だって気づいていないよね？）

ぼくが外務省への連絡事項をメモしていると、韓国人が続く。

「しかし、君の国の閣僚は、失言以前に漢字を読めないからな。当国のように、すべて音韻表記だけにしたほうがいいのではないか」

（分かってないなぁ。あの人、こないだ「日ロ友好条約」の「日」にルビを付けたら「にちくちゆうこうじょうやく」って言っちゃうんだから……。クチってどこの国だよ？　クロアチアか？）

そう思いながらも、今回の同時通訳は、発言の冒頭に「しかし」をつける癖があるようだ。いまの韓国語の中には「하지만（ハジマン）」に該当する接続詞はなかったように思う。

「まったく同感です。ただ、ここは国際会議なので、日本独自の問題は国内で解決します」

「そうしてくれ。漢字は、もともと朝鮮半島から日本に輸出したものだ」

「しかし、当国のような寒冷地では、スマートウォッチは電池がすぐなくなってしまう」

韓国人のあとはロシア人だった。

「貴国の大統領閣下はたいへん思慮深い方なので、このような対策は不要かと存じます」

すかさず、島崎室長がロシア語で対応する。彼が思慮深いかはともかく、公の場で暴言、失言がないことは間違いない。むしろジョークを言うときは、少し笑顔を作る練習をしてくれたほうが、プレスも助かることだろう。

「こうやって、日本人が律儀に資料も作ってくれたことだし、会議はこれで終わりにしていいんじゃないか。彼もガールフレンドに会う時間を確保したいだろう」

例によって、フランス人が不毛な会議に終止符を打つ。彼は、会議を終わらせることに快感を得る性癖なのかもしれない。おかげで、出席者の誰もがやる気のなかった会議は、予定よりも五時間早く終わった。

「彼にメウルシって言っておいたほうがいいよ」

島崎室長が資料を片付けながら言う。

「メウルシってなんですか？」

「メルシィの日本訛り」

ぼくは、会議で実験に協力してくれた島崎室長を、ガールフレンドに聞いておいたブルターニュ風ホワイトアスパラガスで地元に定評のある店に誘った。

「ところで、元カノは、ブリュッセルで何をやっているの？」

「ベルギー人と結婚しただけです」

よくよく考えてみると、ぼくは、以前のガールフレンドがブリュッセルにいると口を滑らせたが、島崎室長と同じキャリア官僚だとはひと言も口にしていなかった。出まかせを言っておけば、島崎室長は、ぼくの以前のガールフレンドが自分と同じキャリア官僚だとは想像もしないだろう。

「あぁ、それで中村君はあのフランス人と仲がいいのか」

「どうしてですか？」

「だって、彼、日本人にガールフレンドを横取りされたからって、わたしを口説いてきたんだよ。失礼しちゃうよねぇ」

あのフランス人は、誰にでも振られた自慢をしているのだろう。

　EUからの要請で、まずは日本の閣僚、議員にスマートウォッチでの失言防止策が試行されることになった。議員バッジとともにスマートウォッチが配布されることになったが、その直後、女性議員とのW不倫が発覚した男性議員が、記者の前でその腕時計を自慢してくれた。

「いやぁ、今度、全議員にバイブを配布することになったんだよ」

　彼は腕時計を記者に見せて言ったが、記者はそのことは気にせず、短い発言だけを切り取って記事にしてくれた。

08　二〇二六年問題対策

「中村君さぁ……、キス室長からセックス室長に変わったのは、やっぱり昇格だと思う？」

ぼくは、執務室でいきなり「セックス」と言われて驚いてしまう。その声が発せられたのは、彼女曰く「ダンジョンの密室」の中である。しかも言った本人は異性で、ぼくと彼女しかいない密室で「セックス」……。執務中に余計なことを考えるなと言われても、我が身の危険を感じてしまう。

「えっと……」

「ほら、経済インテリジェント・サステナブル・ソリューション室の通称はＫＩＳ

S室だったけれど、それが来月一日付で総合エコノミー企画ソリューション室になって、SEKS室になるでしょ」

「綴(つづ)りが違います。室長がおっしゃりたい単語の綴りは、Eの次はKSではなくてXです。それと、経済インテリジェント・サステナブル・ソリューション室ではなく、経済インテグレート・サステナブル・ソリューション室でした」

ロシア語には堪能だが英語の日常会話もできない島崎室長の言葉を、ぼくはすぐに否定した。外国語会話はともかく、自分の所属部局を正確に言えないキャリア官僚というのもめずらしい。この上司と話していると、セックスという単語を執務中に話すことに過剰反応した自分が馬鹿らしくなってくる。そんな島崎室長に昇格の二文字は、この先も無縁のことだろう。それに加えて、頭文字がキスからセックスに変わると、昇格だと考えてしまう島崎室長の思考回路も心配になる。

「そうだったっけ？　まっ、部局を作った大臣も、最後までサステナブルとサディスティックを言い間違えていたしね。だから、自分でも意味の分かる総合エコノミー企画ソリューション室に格上げしたんだよ」

「そうかもしれませんが、昇格とか格上げというのは、管轄がひろがるとか、部下が増えるとか、予算配分が多くなることです」

「そんなことは知っているけれど、この部局はなり手不足なんだよ。その中での部局名変更だよ。何か意図があると思わない？」

（なり手不足なんじゃなくて、室長には左遷先さえ見つからなくて部局を新設したってことに、まだ気づかないんだろうか）

ぼくは、なんだか島崎室長が不憫に思えてしまう。

「あの……、今度の室名は文字数も減ったので昇格かもしれません」

「どうして、文字数が減ると昇格なの？」

（このキャリア官僚は、事務次官とか大臣の名刺を見たことがないのか？）

ぼくは、民間企業に勤めた経験がないので父や姉の話を聞いたことしかないが、偉くなるほど名刺の文字は減っていく。島崎室長の場合、庶務省で順調に出世をすれば、「庶務省／総務局／総合エコノミー企画ソリューション室／室長」から「庶務省／総務局／××課／課長」などを経て「庶務省／総務局／局長」へと変遷し、最後は「庶務省／事務次官」だけになるのが、キャリア官僚としてのコースだ。それに伴って、ＳＤＧｓやオリンピックのシンボルマークを名刺に印刷する必要もなくなる。途中で官僚から行政のトップに変わる野心があれば「××県知事」になることもあるだろうし、その後「庶務大臣」だけになるかもしれない。とにかく、名刺の余白は大きいほうが、たいていは偉い。

ぼくは、そのことを簡単に説明した。

「じゃあ、内閣総理大臣より庶務大臣のほうが格上ってこと？」

（阿呆(あほ)か……）

「いま、わたしのことを阿呆かと思ったでしょ？　中村君、相変わらずジョークが通じないよね」

「いいえ……」

一応、否定はしたが、島崎室長はひと月前まで北極にもペンギンがいると信じていたくらいなので、ぼくの説明を聞いて数秒は首相より庶務相のほうが格上だと考えたに違いない。

「万が一、室長が内閣総理大臣になっても、二文字の国民のほうが格上であることは忘れないでください」

ぼくは、念のため、彼女が公僕であることを付け加えた。

「あっ、そうそう、国民で思い出した。セックス室長に格上げになったせいで、わたしの仕事が増えちゃったのよ」

「偉くなると、たいへんですね」

「中村君がね」

しばらく、沈黙が流れる。

（どっちにしても、ぼくが頭を使って手を動かすことになるのだろう）

「どんな仕事ですか？」

「まさに、国民のセックスのことを、わたしたちが考えなきゃならないの」

（少子化対策か……。独身の職員しかいない部局で、そんなことを考えたって、ろくな案を出せるはずがない）

ぼくは、ため息をつきたくなった。十数年前から言われている少子化対策は功を奏した験（ため）しがないので、この部局に押し付けたのだろう。案外、室名が変わったのも、島崎室長にやる気を出させるための対策かもしれない。

けれども、ぼくは少子化対策の必要性を感じたことがない。昨冬、秘密裏に打ち上げられた太陽帆のおかげで、労働人口を変えずに平均余命を短くできるので、年金支出の問題も解決する。そもそも、少子化しているなら、公務員も国会議員もマクロ経済スライドとやらで数を減らせばいいだけだ。

「少子化対策なんだけどさ、わたしが考えた二案を資料化しておいてくれる？」

（えっ？　室長にも使う頭があったのか？）

「分かりました。資料化くらいは、部下としてやります」

「第一案はね、結婚できる機会を増やせばいいのよ。ていうと、中村君は一夫多妻制にすればいいって思うかもしれないけれど、そうすると第二夫人とかができて、わたしがそうなったら屈辱でしょ。ハーレムもののラブコメも、たいてい三巻くらいで男女関係が破綻しちゃうしね。だから、そうじゃなくて、結婚の期間を法律で定めるの。夫婦は五年以内に離婚しなきゃならないことにして、同じ人との再婚は不可。そうすれば、何度も新婚気分を味わえるし、男女平等で大団円。それから、同時に『女性が輝く社会』を実現するために、子どもは男性が責任を持って成人するまで育てるの」

（中学生か……）

島崎室長は、得意げに語り始めると、唇がヒヨコの嘴（くちばし）のようになる。アヒルよりもヒヨコのほうが好きなぼくとしては、アヒルロになられるよりも、その姿は可憐と言えなくはないが、しゃべっている内容が高校生未満なので耳を塞ぎたくなる。

「ちょっと待ってください。いまのを資料化するので、第二案は来週にでも伺います」

ぼくは、島崎室長の説明をさえぎった。彼女が考える第二案は、きっと人工中絶を禁止させるとかだろう。

「大丈夫。第二案はもっと簡単で、『蒸れないコンドーム』っていうのを発売するの」

「それ、何ですか？」

「蒸れないいんだから精子も通しちゃうんだけれど、ウイルス感染対策に風通しのいいマスクが全世帯に配られた国なんだから、きっと、勝手に『蒸れないコンドームでも避妊ができるんだ』って勘違いしてくれると思うんだ」

島崎室長は、ヒヨコロのままで説明していたが、自案のくだらなさに気づいたのか、表情に翳りが差す。

「てかさぁ、出生数って、だいたい年間八十五万人でしょ。ということはだよ、中村君。毎日、二千三百人もの人がセックスをしているってことになるんだな。さらに、みんながみんな子孫繁栄のためにセックスをするわけじゃないから、もしかすると、今夜も五千人くらいの人がセックスをする計算になる。中村君なんて、二十六年間で一度もしたことがないのに……」

（阿呆か……）

「それがどうかしたんですか？」

「ざっと五千人が『今夜はどんな体位がいっかなぁ』って考えながら仕事をしているときに、わたしたちが、それを心配してあげる必要が本当にあるのか、疑問に思わない？　それよりか、勤務時間を減らして、出会いの機会を増やしてほしいよね」

「わたしたち」とぼくを仲間に入れてほしくないけれども、きっと、それが島崎室長の本音なのだろう。けれども、ぼくは、彼女の科白をひとつ訂正しなくてはならない。

「あの……、セックスはひとりでできないので、室長の概算は間違っています」

「うわっ、そうだよね……。てことは、一万人？　それって、SARSインパクトのときの一日の国内感染者数よりも多いじゃん。フォースもフィフスも飛ばして、毎日がセックス・インパクトだね。なんだか落ち込むぅ……」

　ぼくは、勝手に落ち込んでしまった上司にあきれる。ひとりで子孫繁栄ができると考えたあたり、島崎室長はもうすぐ妖精になってしまうのではないだろうか。

「それはともかく、室長は恋人ができたときに、不本意な妊娠をしたり、感染症に罹(かか)ったりしてもいいんですか？」

「もちろん、そんなことはいやだから、わたしの彼には普通のコンドームを使ってもらう。まぁ、この秘密を教えてあげた中村君も真似(まね)していいよ」

（真似していいよって、ほんとに中学生だろ）

「さっ、ちゃちゃっと資料化して」

　ぼくは、資料化を始めるふりをして、日本の年齢別人口グラフを画面に出して、島崎室長がこれ以上左遷されないように別案を考えることにした。

「第一案についてですけれど、室長は、ご両親が離婚されたときにお母様と会えなくなったら、寂しくないんですか？」

「わたし、お父さんっ子だから気にしないな。だいたい、わたしの母って、たいして頭がいいわけでもないのに、運だけで生き延びているから感じが悪いのよ」

　島崎室長の家庭事情は知らないが、これまでの彼女の発言からして、母と娘の関係が悪いことが窺(うかが)えた。

「彼女、丙午(ひのえうま)の生まれで、その年って出生数が極端に低いの。でも、学校の生徒数がマクロスライドしたわけじゃないから、わたしが落ちた女子校御三家も受かっちゃったし、その勢いで東工大に入って、バブル期を謳歌(おうか)したうえ、就職にも苦労しなかったみたいなんだよ。そこでまた、歳ごろの女性が少ないものだから、父は母みたいな人でも仕方なく選んじゃったんだと思う」

「そうですか……」

「さらに二〇〇七年問題っていうのがあったらしくて、一時期、システム屋の中間管理職が足りなくなるって騒ぎ立てられたものだから管理職になって、そしたら、今度は女性の役員を増やせって政府が民間企業に余計な口出しをして、いまや上場企業の役員にまでなっちゃっているのよ。そんな人から、『由香の歳には結婚して子育てもしていたし、部下もたくさんいた』って言われて癪(しゃく)じゃない？」

「きっと、わがままなお嬢様を育てながら、たいへんな努力をして役員になられたんだと思います」

「それな、彼女、期末試験の前に『あたし、アニメを見ちゃって、全然、勉強できなかったぁ』とかって言いながら、実は必死に勉強していて、成績が悪かったときの保険をかけるタイプなんだよ。でさ、わたしが東大の文二に受かったときも『文一や文三ならともかく、経済学部なら一橋でしょ』とかって、暗に自分は東大に受かる成績だったけれど、『工学部だから東工大を選んだ』みたいな言い方をするの。そんなこと、東大の合格通知を見せてから言えって感じ。わたしだって、あの錨(いかり)のマークのついたセーラー服を着たかったのに……」

（女子校の制服が親子の軋轢(あつれき)の原因か。待てよ、室長の母君は……）

「室長のお母様は一九六六年生まれですか？」

その年だけ、彼女の言うように人口グラフが歪(いびつ)に凹(へこ)んでいる。

「公務員なんだから和暦を使ってよ」

「えっと……、昭和四十一年ですか？」

「そう。その年を丙午って言うんだって。変な迷信から丙午生まれの女性は性格が悪いってことで、出生数が落ち込んだのよ。せっかく彼氏や彼女ができても、迷信のせいでセックスをできなかったとか、かわいそうだよね。でも、彼女にかぎると、その迷信は当たっているな。てかさぁ、迷信で性欲を抑えられるんだったら、淫行条例なんて不要だと思わない？　『婚前交渉をすると丙午の女性みたいな馬車馬に轢（ひ）かれますよぉ』って、内調がたくさん持っているツイッターのアカウントで流布（るふ）してもらうの」

「御意（ぎょい）。その線で解決しましょう」

「なになに？　中村君が迷信で、三十手前の公務員の女にモテ期がくるようにしてくれるの？」

ぼくは、島崎室長の期待に満ちた声を無視して、その日のうちに『【上申】二〇二六年問題対策　試行案』を作り上げた。

次の丙午は二〇二六年に訪れる。その年までにはまだ五年あるので、内閣情報調査室は二年後の干支（えと）である癸卯（みずのとう）で、その案を試行することとなった。つまり一九六三年生まれで、東大・京大卒の人や、上場企業の役員、俳優・女優、スポーツ選手に連絡をとった。彼（女）らに、自分が癸卯という六十年に一度しかない年に生まれたことで、いかに得をしたかを、ＳＮＳ、日経新聞の『私の履歴書』、テレビに出演した際の閑話などで発信してもらった。

そして、癸卯に生まれた人は、ウサギに似て寂しがり屋で天然のところはあるが、性格もよく努力家で、だから、出世も早かったし、クラブ活動やモデル事務所でも大切にされた、という迷信を作り上げた。

結果、翌年には婚姻届出数が十パーセント上昇した。また、蒸れ蒸れの行為をするのに「蒸れない」と謳ったコンドームは歳ごろの男女に好評で、日本のコンドームメーカーの主要三社は、下半期の売上計画を上方修正した。

いつかは子どもを授かりたいとぼんやりと考えていた人たちは、出産後に同じ苦労をするなら、性格もよく努力家の子どもがいいと思ったに違いない。なかには、それを理由に、たいして好きでもない男にプロポーズをした女性もいるだろう。島崎室長もそのひとりだ。

「中村君さぁ……、せっかくセックス室になったんだから、できちゃった婚とかしてみない。まぁ、中村君とは長続きしないと思うけれど」

島崎室長は、自分の部下が発端と結果を入れ替えて作った因果関係のない迷信に囚われている。ぼくがプロポーズらしき提案を丁重に断ると、彼女はようやく結婚相談所に入会したようだった。

二〇二六年に訪れる本命の丙午に向けて、内閣情報調査室では、民間企業に一九六六年生まれの役員、上級管理職の昇格時期に下駄を履かせるように圧力をかけた。それとともに、SNSに大量の偽アカウントを作り、丙午生まれの人は「性格は悪いし、努力をしても成果には結びつかないが、運だけはいい。そのうえ、困ったときには政府が助け舟を出してくれる」という迷信を作り上げることに躍起になっている。

付記：ぼくは丙午の生まれではありませんが、翌年の三月生まれなので、丙午の恩恵に与って運だけで生きてきました。そろそろ、その運も尽きたところです。　著者拝

09　島崎由香の節税クッキング

「中村君さぁ……、いま、どのくらい貯金しているの？」

数年前に金融庁が作成したといわれる幻のレポートに、年金を満額支給されたとしても二千万円の貯蓄が必要だという文言があった（らしい）。そのおかげで、個人の貯蓄額というセンシティブな話題が、こうやって職場でも平然と聞かれるようになったのは嘆かわしい。

「さぁ、気にしたことがないので分かりません」

「気にしたことがないって、ボーナスが振り込まれたら額を確認しないの？」

総合エコノミー企画ソリューション室の島崎室長は、遠慮というものを知らない。

「そんなにもらえるわけでもありませんから……」

「中村君でもいいかなって、ちょっと考えたけれど、早まんなくてよかったぁ」

この上司は、結婚さえ、部下が指示に従うものだと思っているらしい。婚姻には「両性の合意」が必要という憲法の条文も読まずに国家公務員になったのかもしれない。

（まぁ「両性」ではなく「両者」で十分だと思うけれど……）

ぼくの両親は、年季の入った親莫迦なので、自分たちの子どもが入社した企業は株価が上がるものだと信じていた。二人の姉はそれぞれ、就職先の航空会社とシステム構築会社の株式を五億円分ほど、「真面目に仕事をして、退職するまでは売らないように」と厳命されたうえで、就職祝いとして受け取っていた（ＳＡＲＳインパクトで、航空会社に勤める長姉は資産時価が減ったと嘆いている）。庶務省は上場企業どころか株式会社でもないので、五億円分の個人向け国債がぼくの就職祝いだった。

島崎室長のようなキャリア官僚ばかりだと、国債の格付けは下がる一方だろうが、姉たちの株式とは違って、さすがに額面割れすることはまずあり得ない（と信じたい）。

「でさ、中村君は定年退職したらのたれ死ぬかもしれないけれど、それとは関係なく、明後日までに二千万円の貯蓄方法の答弁資料を作らなきゃならないのよ」

「子作りの心配の次は、貯蓄の心配ですか？」

「そういうこと。もう人生ゲームのコンサルタントになれそう」

ぼくは、一応、小難しい顔をして電卓を叩いた。

「島崎室長の場合だと、三十歳になったら毎月五万五千円を貯金に回せば、ゼロ金利政策が続いても六十歳のときには二千万円になっています。今月から始めれば、五万二千円で済みます」

「はぁ？　それができないから、みんな困っているんでしょ」

（夜中の長電話を週に一回減らすだけで、毎月五万円以上の貯金ができるはずなのに）

「それなら、ご実家から通勤すれば、すぐに貯まります。たしか、ご実家は月島ですよね？　通勤時間も短くなります」

「『家賃が払えないなら、お城の厩舎に住めばいいじゃない？』なんて、マリー・

アントワネットじゃあるまいし」

「室長のご実家には、厩舎があるんですか？」

「あるわけないでしょ。毎朝、馬車馬みたいな母に後ろ脚で蹴られるっていう、ものの喩え。中村君は、相変わらずジョークが通じない」

　島崎室長は、ことさら母君を嫌っている。原因は、島崎室長が入りたかった私立女子校に、母君は合格していて、彼女自身は不合格だったことに端を発しているようだ。けれども実情は、島崎室長が自分の母君には敵わないのを認めたくないだけではないかと、ぼくは考えている。五十代半ばで、誰でも一度くらいは名前を聞いたことがあるＩＴ企業の役員になっている母君からすれば、二十八歳にもなって、部下がひとりしかいない部署の名ばかり室長である娘のことなど歯牙にもかけていないだろう。

「中村君は両親のマンションに住んでいて、彼女ができたときにどうするの？　いちいち、ホテルを予約するわけ？」

　島崎室長の言うとおり、ぼくは両親の所有するマンションの一室に住んでいるが、両親と同居しているわけではない。たぶん、彼女とはマンションの単位が違う。ぼくは、中学生まで「マンションを買う」というのは、その建物一棟を手に入れることだと思っていた。小学校のクラスメイトが「親がマンションを買い替えるから、中学は別の学区になるかもしれない」と言うのを聞いて、会社員の家庭なのに、ずいぶんと投資に熱心なんだなと感心していた。

「いきなり、部屋に来てもらうのも失礼ですからね」

それに、自宅には執事もいて、ことに及ぶ際、どうにも落ち着かない。

「デートの前にホテルを予約しておいて、彼女が帰っちゃったら、ひとりでホテルに泊まるわけ？」

「たまには執事……じゃなくて家事から解放されるのも悪くないと思えば、安いんじゃないですか？　ジャンクフードを食べても小言を言われないし」

「そういう金銭感覚の男と付き合っちゃうから、みんな、二千万円の貯蓄を作るのに苦労しちゃうんだよ。で、何か思いついてくれた？」

島崎室長は、何としても、仕事を押し付けるつもりでいるのだろう。

「それって数年も前のことだし、有権者はもう忘れていませんか。あのあとだって『消費税増税前に』とかと騒いで、余計なものの買い溜めをしていたし」

「わたしもそう思うんだけれど、中村君が考案した変なスマートウォッチのおかげで、最近は議員の失言もなくなって、野党も叩くことがなくなっちゃっているのよ。それで、二千万円の話を蒸し返すみたい。要するに、責任は中村君にある」

島崎室長が、アニメの登場人物のように、人差し指をびしっとぼくに向ける。

（おっ、だんだん、この上司も「要するに」の使い方が分かってきたか）

ぼくは、そのお礼に、島崎室長に二千万円を貯めるための節税方法を伝授することにした。

「公僕には適用できませんが、室長と同じくらいの収入レベルの方は、所得税と住民税、健康保険と年金保険の掛け金を、だいたい年間百万円、国と自治体に納めています。もったいないと思いませんか？」

「そりゃ、もったいないとは思うけれど、法律なんだから仕方ないでしょ？　悪法も法なりだよ」

「なので、自分を赤字にすれば、所得税も住民税も支払いようがありませんし、健康保険は最低水準の年額六万円程度、年金も納入免除が適用されますが、共済年金は運用に失敗しても国が補塡（ほてん）してくれそうですから、これは我慢して支払うことにします」

「いやいや、自分を赤字にしてどうするのよ？」

島崎室長は、東京大学経済学部で何を覚えてきたのか、まったく税金の無駄遣いだったと思う。たぶん、収入がそのまま所得になると勘違いをしているのだろう。俸給や給与から諸税を天引きされている人にありがちで、こういった人たちは年末調整後の給与明細の手取り額が多かったりすると得をした気分になれる。

「とにかく、赤字の人は得をするんです。まず、所轄の税務署に行って、料理研究家として開業届を出してください」

「うへぇ。なんで、税金を払いたくないのに税務署に行かなきゃならないの？」

性根（しょうね）は腐っていても素直な性格である島崎室長みたいな人にとって、税務署とは税金を徴収される場所でしかないのだろう。

「とにかく料理研究家として開業して、レシピや動画を配信します。年間の広告収入が三十万円くらいになるように調整してください。そうするとですね、動画を作るために用意した食材は経費になるんです。ル・クルーゼの鍋もマイセンの食器も経費になりますし、外食をした場合は、自分の料理を向上させるための研究という名目の経費です。たとえそれが牛丼屋であっても、牛丼に支払ったお金も交通費も経費になります。そうすると、企業から支給される給与は同じでも、経費はどんどん増えますから、諸税の算出元となる所得は減って、天引きされていた諸税が戻ってくるんです」

「ふーん……」

「お休みのときは、海外に料理を研究しにいくんです。ついでに機内食も研究対象にすれば、ファーストクラスも経費です」

「なんか、よく分からないけれど……」

（おいおい大丈夫か……）

「室長は、今日のお昼ご飯は何を召し上がったんですか？」

「ちょっと評判のお店があったから、タクシーで麴町（こうじまち）まで行って、ハンバーグを食べてきた」

ぼくは、そのタクシー代を節約すればいいのに、と思う。

「そのとき、領収書はもらいましたか？」

「いちいち、お昼ご飯を食べに行くのに領収書をもらわないと思う」

「それが駄目なんです。領収書はお金と同じ資産だと思ってください。室長が公僕でなければ、タクシー代もハンバーグ代も経費になって、来年の二月に税務申告を行えば、天引きされていた諸税が戻ってきます」

書店に行くと節税対策や副業指南の本が並んでいるが、それらの本の帯には「まずは、この本の領収書を保管しろ」という文言が記されるべきだと思う。

「そういうもの？」

「そういうものなんです。税務申告は、いまはウェブサイトからできますので、会社の仕事中にスマホでもできます。ただし、公僕は副業が禁止されているからできませんけれど」

「だいたい分かったけれどさ、それよりは一等前後賞合わせて三億円の宝くじの一等を十五人に分配したほうがよくない？　名付けて『老後不安解消2Kばらまきジャンボ』」

（一等当籤金が二千万円で「ジャンボ」はないだろ？）

島崎室長がぼくの説明を理解したか否かはともかく、きっと、税務申告と言った途端にやる気が失せたのだろう。このキャリア官僚は、とにかく「申告」とか「上申」という言葉を嫌っている。

「宝くじよりは、カジノを普及させたほうがいいと思います」

「うへぇー、ギャンブル依存症とか怖くない？」

「毎週、ロトなんとかを買わないと落ち着かなくて、買わなかったときも新聞やネットで当籤番号を調べて『あー、買っとけば一万円が当たっていたのに』とかと思っている時点で、ぼくから見ると依存症だと思います」

「宝くじを毎週買うのとギャンブル依存症は違うでしょ？」

ぼくは、いくら自分の所属する庶務省の自社ならぬ自省サービスとはいえ、宝くじをギャンブルだと思っていない上司にあきれる。期待値が極端に低いとギャンブル依存症にはならないと思っているのは、缶ビール一本を毎日飲んでもアルコール依存症にはならないと勘違いしているキッチンドランカー予備軍と同じだ。こういった公務員は、年末ジャンボを千枚くらい、冬の賞与の現物支給として渡しても文句を言わないかもしれない。

「同じです。複数の人から金品を集めて、再配分に差をつけて勝ち負けを決めるんだからギャンブルです」

「そんなことを言ったら、税金だってギャンブルになっちゃうじゃない？」

（御意(ぎょい)）

「保険もギャンブルも、不特定多数の人からお金を集めて、胴元の費用を差し引いてから、参加者に差をつけて再配分をします。再配分の総額は、決して集めたお金より多くなることはありません。税金は、勤労者から強制的にお金を集めて、公僕の費用を差し引いて、公共サービスという形で国民に再配分しています。ただ、国庫の歳入には赤字国債と外国人観光客が払う諸税が含まれるので、再配分の金額が大きく見えるだけです。だから、税金というギャンブルで賭け金つまり納税額を低くして、リターンつまり公共サービスだけを受け取れば勝てるんです」

「そういうのを脱税って言いそうだけれど、なんとなく理解した」

「脱税ではなく節税です。言っておきますけれど、公僕は駄目ですからね」

ぼくは、国会答弁の資料作りも忘れて、自分が二千万円を貯めることにしか興味がなくなった島崎室長に、改めて釘(くぎ)を刺した。

けれども、島崎室長は、自分を公僕だとは思っていなかったのだろう。しかも、ぼくが「広告収入は年間三十万円程度に抑えろ」とアドバイスをしたのに、両親の教育の賜物で写真映りのいい料理の腕前はよかったらしい。『島崎由香の節税クッキング』は、たちまち人気サイトとなり、いまでは小学生も憧れる人気ユーチューバーになって、『中学受験中でも五分で実践　十歳からのお料理教室』や『次の喫煙所まで三千里　喫煙者に優しい街を求めて週末弾丸旅行』など、二匹目のドジョウをねらったサイトが乱立している。さきがけとなった島崎室長には、そういったサイト運営者からの講演依頼もあるそうだ。

「中村君の言うとおりにしてよかったよ。広告収入だけで、俸給の七倍も毎月振り込まれるの。中村君もさぁ、しゃべっているだけじゃなくて、手を動かしなよ。節税コンサルみたいなせこいことをしていないで、ちゃんと労働するのが一番」

そう言って、島崎室長は歩いて行ける日比谷までタクシーで行き、香港拠点の名門ホテルのランチを楽しんでいる。

翌春、島崎室長は懲戒のうちでは最も軽い口頭注意を受け、副業の経費の税務申告も認められなかった。一方で、彼女を真似た（料理の腕前があまりよくない）民間企業の勤労者の所得は減り、消費拡大でＧＤＰは上がったものの歳入は大幅に減る見通しとなった。財務省は仕方なく所得税率の見直しを迫られているが、増税をしても、所得税を取られるのは副業が禁止されている公務員だけとなることだろう。副業をしたくて、民間企業に転職する公務員が増えれば、小さな政府も実現できるかもしれない。

（自分たちの俸給の源泉を、自分たちで支払うんだから、まっいっか……）

ぼくは、懲戒処分を受けてしょんぼりしている島崎室長を眺めながら、こっそりとため息をついた。

10　一九八五年の米騒動

「中村君さぁ……、試験の公平感って何だと思う？」

　ぼくが、新しいセンター試験となる「大学入学共通テスト」の受験生向けの要綱を眺めていると、総合エコノミー企画ソリューション室の島崎室長が訊いてくる。

「読んで字の如く、受験生が公平に思ってくれることじゃないですか？」

「だよねぇ。公正にするならともかく、『公平に思ってもらえ』って言うから、ややこしくなるんだよね。試験は公正に実施してもらいたいけれど、公正にできないから公平感を醸し出せって言われると、『何のこっちゃ？』って思わない？」

「そうおっしゃるなら、室長は、共通テストを公正に行う施策をお持ちなんですか？」

「簡単だよ、高校生に受験勉強をさせないの。予備校も家庭教師も、ぜーんぶ廃止しちゃって、高校の授業以外で勉強をしたら、受験勉強競争防止法違反で、二年間は共通テストの受験資格を失うとかにすればいいと思うんだ」

努力が何より嫌いな島崎室長らしい意見だと思う。

「浪人生はどうするんですか？」

「高校を卒業させなきゃいいじゃん。『共通テスト』っていうくらいなんだから、国家公務員の一般職試験も、高卒認定試験もみーんな統合して、高校に行かなかった人も含めた試験にすればいいんだよ。大学受験のために、高認と共通テストで二回も受験料を取るなんていう悪徳商法はやめたほうがいい。それで、希望の大学に合格しなかった高校生は、高校に試験の結果を提出しないと自動的に留年」

「そんなことをしたら、高校に居づらいじゃないですか？」

「そのくらいの覚悟を持って浪人してくれってこと。定員割れの大学だっていっぱいあるんだから、進学する余裕のある家庭の子どもは、その気になればどこかの大学には行けるんだよ。だらだら浪人なんかしていないで、大学を選ばずに早めに就職して税金を払ってくれたほうが、わたしたちの俸給も上がるじゃん」

（無茶苦茶だなぁ……）

　そうは思うが、島崎室長は、ぼくの父とは気が合うかもしれない。父は、「男子たるもの、早く組織に入って既得権益をかき集め、トップに登り詰めろ」と言って、工業高専を中退しない息子を出来損ない扱いした。

「室長は、もしかすると、優秀な高校生なら、将来、大学の名前に頼らなくても出世できると思っていますか？」

　ぼくは、試しに父に言われたことを島崎室長に訊いてみた。

「もしかしなくても、そうだよ。そんなの当たり前じゃん。だいたい、わたしの母みたいな無駄に努力を好きな人が、民間企業の役員とかになっちゃうから、いつまで経っても、働き方改革が実現できないの。残業して努力すれば、無茶な事業目標でも達成できるはずって思っちゃうんだよね」

　島崎室長は、ＩＴ企業の役員である母君をことさら嫌っている。

「しかも、母って、自分の努力を他人に気づかれないことが美徳だと思っているの。そういう人が民間企業に入ると『残業を申請するのは格好悪い』って考えて、社員にサービス残業を強要させているんだと思う」

　島崎室長は、母君のことを話し始めると頭の回転が速くなるのか、ときどき的を射た発言をする。もっとも、彼女は最近までサービス残業の実態も知らなかったので、この発言は、母君憎さのあまり咄嗟（とっさ）に思いついたこじつけだろう。

「文科省も文科省で、省庁再編のときに格下げされたからって、いまごろ、受験生に八つ当たりしているんだから大人気（おとなげ）ないよね。母と目糞鼻糞（めくそはなくそ）って感じ」

「どうして格下げだったんですか？」

　ぼくは首をかしげた。

「部から課になったんだから、格下げじゃん」

「漢字が違います」

「それは中国や台湾の話。日本の閣僚は漢字が読めないんだから、かの漢字なんかどうでもいいの。きっとさ、答弁資料で『文課省』って書いてあっても、気にするのはモンモン大臣くらいだよ。ところで、部より上って部門？　そしたら文門省？　それとも一気に大臣をねらって文臣省？　いやぁ、どっちにしても詰んでいるね」

　島崎室長は、「モンブ省のモブが格下げで悶々（もんもん）しちゃう」とつぶやいて、ひとりでツボにはまっている。

「だいたい、わたしが受験したときのセンター試験の受験要項には、どこにも『選択方式しか出ません』とは書いていなかったんだよ」

「そうなんですか？」

「そうなんですかって、中村君、要項も読まずに試験を受けたの？」

「ぼくは工業高専だったので、センター試験は受けていません」

「あ、そっか。一瞬、自分の部下に、公職選挙法も読まずに代議士に立候補しちゃったみたいな人がいるのかと思ったよ。最近、そういう人が多くて困るよね」

島崎室長は、国家公務員法を読んだうえで職務にあたっているのだろうか。

「でね、話を戻すと、センター試験の要項に『選択方式しか出ません』とは記されていなかったんだから、誰にも断らずに、記述式の問題を出しちゃえばよかったんだよ。それを『入試改革だぁっ』とかって旗を掲げるから、ややこしいことになったと思うんだ」

「要項に記されていなくても、マークシートの解答用紙に、突然、記述式の解答欄があったら、受験生だって困るじゃないですか？」

「それな、一斉に困るんだから公平でしょ？　国会審議も記者会見も『質問は事前に提出されたものに限ります』なんていうのが慣例化しているから、文科省の小役人も『受験生には事前に解答方式を教えておかないと』って思い込んじゃっているの。そういう飼い慣らされた大人にならないためにも、高校生は、どんな解答方式でも困らない学力を身につけてほしいよね」

　島崎室長も「小役人」のひとりに過ぎないと思う。

「他にも、記述式とした場合、採点官によってばらつきが出る懸念もあるんです」

「だったら、採点しなきゃいいじゃん。受験生は共通テストの得点を、予備校とかの自己採点で想定しているだけなんだから、『記述式の採点のために、グーグル先生もびっくりのＡＩを開発しまーす』って公表しておいて、ＡＩができるまでは放っておくの」

「それじゃ試験になりません」

「それな、記述式の解答部分を画像データにして、受験する大学に渡せばいいだけ。で、大学では、字が綺麗（きれい）な受験生を優遇してもいいし、叙情豊かに『I love you』を『月が綺麗ですね』って訳した解答に加点すればいいと思う。社会に出たら、理詰めで上司に職場改革を言い出す部下なんて鬱陶しいだけだもん。それより、上司に代わって綺麗な字で挨拶状を書けたり、情に訴えてお客さんに商品を買わせたりする新入社員のほうが、ずっと重宝されると思わない？」

島崎室長は、大学を企業に就職するための予備校としか考えていないのだろう。

「いま、思い出したけれど、中村君、米騒動って知っている？」

「米の価格が急騰して、富山県で暴動が起きた事件ですよね」

「中村君、文脈ってものを考えなよ。大正時代にセンター試験があったわけないでしょ。わたしの母だからまだ共通一次って呼んでいたんだろうけれど、とにかく彼女がセンター試験を受験した年に、初めて数学で解答欄にマークする数字がなかったことがあったんだって。彼女、そんなことはあり得ないと思って、何度も検算をしたから試験時間が足りなくなったって、いまでも根に持っているの」

「それと米騒動が関係するんですか？」

「解答欄にマークする選択肢や数字がないときは、アスタリスクにマークをするのが、センター試験の決まりなの。アスタリスクだから『米』。予備校の講師も『アスタリスク欄は使用されない』って言っていたから、阿呆な受験生は、一斉に戸惑ったみたいで、それを米騒動って騒いだんだって。わたしが高三のとき、母は『文科省は卑怯な手を使ってくるから気をつけなさい』って、センター試験当日の朝まで言っているの。阿呆もここに極まれりって感じだよねぇ」

「お母様は、きっとお嬢様のことを心配して、そうやって誇張されたのではないかと……」

「いやいや、当時はまだ一民間企業の部長だか課長だった母に、国家百年の大計を案ずる娘の心配なんかしてほしくないね。システム屋は、突然、記述式解答が出たときに備えてAI採点システムでも、ちまちま開発していろっていうの」

島崎室長は、どうして母君の親心を素直に受け取れないのだろう。

「室長は、突然、解答するべき選択肢がなかったら、戸惑わないいんですか？」

「全然。この問題を作った人は阿呆だなぁって思うだけだよ。頭が悪いくせに努力すれば何とかなるって思っているから、自分の計算結果に自信が持てなくなるの。だってさ、公務員試験でトップの人は文科省には行かないし、文科省にトップ入省した人が大学入試センターに配属されるわけないじゃん。わたしなら、迷わずアスタリスク欄に『阿呆』って小さく書くね。あのマーク欄は三分の二くらいが黒くなっていれば問題ないからさ」

島崎室長は、母君と同じくらいに文科省を貶（けな）し続ける。それにしても彼女は、自信満々のわりにやることがせせこましい。

「でさ、悶々しちゃった小役人たちが記述式解答の問題を作ったところで、『三十文字以内で解答せよ』とは設問に書いても、『日本語で』とか『平仮名、カタカナ、常用漢字のみを使用して』とは書き忘れちゃうと思うんだよね。だからさ、いきなり記述式が出たら、中国語で『シャグゥア、シャグゥア』って書いて解答欄を埋めれば、AI採点官が完成するまで、文科省のアルバイトは何か重要なことが書かれているのかと戸惑って、必死で辞書を引くと思う。それくらいの仕返しをする気概が、日本の高校生にはないのかなぁ」

「シャグゥアって何ですか？」

島崎室長は、「傻瓜」と書かれたメモパッドを机越しに渡してくれる。どうやら、中国語では「傻瓜」を「シャグゥア」と読むのだろう。

「中国語で莫迦（ばか）。わたし、人から貶されるのはいやだから、主要な言語の莫迦だけは覚えているんだよね。ちなみにロシア語ではドラーク。ロシア語って、人を莫迦にするときでも、なんとなく品があるよね。『君って、超お気楽にやってきたんだね』みたいな温かい雰囲気があると思わない？」

そんなことを覚えるんだったら、島崎室長には主要な言語で挨拶と自己紹介をできるようになってほしいと、ぼくは切に思う。

「それで十点か十五点を取れなかったら、損するじゃないですか？」

「センター試験の十数点で希望の大学に行けなくなっちゃう人は、その大学に入っても苦労するだけだと思う。それでも大学に行きたい高校生は、『問題用紙には使用可能文字を記載してくれ』って訴えればいいの。そうすると文科省も阿呆だから、常用漢字一覧を問題用紙に書くでしょ。そしたら、こっちのもん。現国で漢字が分からなくて困ることもなくなる。まっ、わたしの母みたいな阿呆は、当時一八五〇字しかなかった当用漢字を覚えていられないから、漢字を一文字書くたびに一覧に載っているかどうか確認することになって、試験時間が足りなかったとかって、半世紀も文句を言い続けるんだろうね」

きっと十年前に受けた試験の要項を文言まで覚えている島崎室長は、中学校か小学校で習った常用漢字表も覚えているのだろう。その試験要項にはＩＣプレイヤーの使い方が数ページにわたって事細かに記されているが、彼女はそれも覚えているかもしれない。

（あれ？　室長はＩＣプレイヤーを書かれたとおりに使いこなせても、どうやってヒアリング問題を解いたんだろう？）

ぼくは、ふと英語の日常会話もできない島崎室長が、どうやってセンター試験で東大に受かるほどの点数を取れたのかが不思議になる。英語の試験問題を、まったくの当てずっぽうでマークしたとしても、確率としては五十点も取れなかっただろう。

「ところで、室長って、どうやって英語の試験を受けたんですか？」

「ふふっ、中村君、鬼畜米英の敵国語を勉強しなくてもセンター試験は受けられるんだよ」

「受けられても、東大にだって足切りラインがありますよね」

「もちろん。でも、もうお昼だから、続きは午後ね。今日は、職員食堂の定食がハンバーグだから、早めに行かないと」

そう言って十一時三十分に部屋を出ていく島崎室長を、ぼくは狐につままれた気分で見送った。

11　森羅万象一択式　共通テスト

「中村君、分かった？」

午後一時半に昼食から戻った島崎室長が、早速、話しかけてくる。昼食前（と言ってもそれは二時間前のことだ）、ぼくは、英語の日常会話もできない彼女に「どうやってセンター試験で、東大の足切りラインに達するほどの点数が取れたのか？」と訊いていた。その後、ぼくは、規程とおり、十二時まで執務室にいたので、大学共通テストの外国語では、英語のほかドイツ語、フランス語、中国語、韓国語を選択できることを知った。

「ええ。室長、実はフランス語かドイツ語を話せたんですね」

「いやいや、敵国語は話さないって言ったでしょ」

「ドイツは、第二次世界大戦で同盟国でした」

「あのさ、ナポレオンとヒトラーはロシアに攻めてきた立派な侵略者だよ。中村君、大丈夫？」

島崎室長は「鬼畜米英の敵国語は勉強しない」と言っていたが、自国の敵ではなく、彼女の数少ない友人のいるロシアの敵国だったのかと思う。日本もロシアと戦争をしたことがあるはずなのに、どうして、彼女は日本語を話しているのだろう。

（そんなにロシアが大切なら、日本の国家公務員になんかならずに、ガスプロムにでも就職すればよかったのに……）

「それなら、中国語ですか？」

「ビンゴ。文科省って阿呆（あほ）だからさ、外国語の試験と言いつつ、その選択肢のひとつは、国語の漢文なんだよ。高校の漢文の授業をちゃんと受けていれば、共通テストのために外国語の受験勉強なんかしなくても済むの。英語以外はヒアリングがないから、ICプレイヤーの不具合を心配する必要もないしね」

島崎室長が得意気な顔で言う。

「要するに、試験に出るような中国語は主語を略さないから、現国より簡単なんだよ。ときどき現国で『この動詞に対する主語を示しなさい』っていう問題があるけれど、あれって恥ずかしくないのかね。母国語で書かれた小説とか評論の主語がはっきりしないって、母国語の乱れを受験生に晒していようなもんだよ。いや、フィンランド語の試験なら分かる。でも、日本語で主語がはっきりしないっていうのは、ちょっといただけないな。試験問題に採用された小説家って、あとから謝礼をもらえるみたいだけれど、そんな雑所得を受け取る前に、受験生に『分かりにくい小説を書いてしまい、すみませんでした』って謝ってもらいたいよ。あと、『登場人物の心情を簡潔に述べなさい』っていうやつもね。そんなこと、知らんがな。ああいう問題を出すから、小説やコミックを読んだときに『主人公に感情移入できなかった』とかって言い出すんじゃないかな。痴情のもつれで人を殺しちゃうような登場人物に感情移入できたら、たまったもんじゃないよ。でさぁ、そういう現国の問題で全国模試一位だった人が出版社の編集長になっちゃっているから、さらに日本文学はややこしいことが善みたいな雰囲気になっちゃっているわけ」

黙っていると、島崎室長は、大学入試改革ではなく国語教育の課題について延々と語り始めそうだ。ぼくは、適当なところで軌道修正をしなくてはならない。

「どうして、フィンランド語だったら、いいんですか？」

「動詞の格変化の問題になるから」

「なるほど」

「そんな乱れた母国語を憐れみつつ、外国語は中国語を選択する。繁体字の画数が多くてもマークシートだから無問題。中国語を選択しておけば受験勉強を一教科減らせるのに、それに気づかない日本の高校生も、文科省並みに間抜けだよね」

（漢文と現代中文は違うだろ？）

ぼくは、そう思ったが、島崎室長のために「同じ隣国なのに、ロシア語が選択肢にないのは変ですね」と言ってみた。

「でしょでしょ。だから、いつまで経っても、ロシアと友好条約を結べないんだよ。ウラジオストクなんて二時間半で行けて、ソウルや上海みたいに反日運動がいつ始まるかの不安もないのに、高校生が大学受験には必要ないからって、日常会話の勉強もしないなんて、おかしいと思わない？」

「カニも美味しいですしね」

「そうそう。上海蟹をちまちま食べるんじゃなくて、ズワイガニにキャビアをどーんと載せて食べたほうが精神衛生上もいいと思う」

（いやいや、ウラジオストク市内だって、キャビアは十分に高かったですよね）

ぼくは、ウラジオストクのカニ祭りを思い出しながら苦笑した。ちなみに、カスピ海でチョウザメが禁漁になって以降、中国はキャビアの主要生産地のひとつだ。現状はほとんどが輸出されているらしいが、上海蟹にキャビアをどーんと載せて食べる日も近いことだと思う。

「だいたいさぁ、高校生の分際で、世界史より日本史が得意だの、化学より生物がいいだの言わないでほしいよ。身の丈に合ったとは言わないけれど、身の程をわきまえて受験してほしいよね」

（そういえば、「身の丈」発言もあったなぁ）

島崎室長にしてみると「文科省こそ身の丈に合った共通テストをしてほしい」ということになるのだろう。

「それは、外国語の選択肢とは違うと思うんですけれど」

「同じだよ、中村君。化学もできないくせして、生物がいいなんておかしいと思わない？　生物なんてアミノ酸基からでき上がった偶然の産物なんだから、先に化学を極めて、生物にも興味を持ちましたって言ってほしい。日本史も一緒。日本史なんて、世界史の一部だもん。極東の島国のことをちまちま勉強する前に、大所高所から事物を見る癖をつけなきゃ、大学に入ったって、ろくな大人にならない」

　午前中からキーボードをほとんど触らずに、共通テストのことだけを話しているキャリア官僚が「大所高所から」と言っても、まったく説得力がない。

「中村君はセンター試験を受けていたら、日本史と世界史、どっちを選択した？」

「日本史かな……」

「じゃあさ、ペリーが浦賀に来航したときの親書にサインしていたアメリカ大統領の名前は知っている？　答えられないでしょ。でも、外交文書なんだから、当然、相手がいるわけ。ペリーが持ってきたのは、共和党出身の第十三代大統領ミラード・フィルモアが記した親書。けれど、ペリーは大西洋から喜望峰を通って東回りでとろとろ来たから、その間に大統領は民主党出身のフランクリン・ピアースに変わっていて、ピアースは侵略まがいの開国なんて望んでいなかったの。日本史を選択した時点で、日本ファーストみたいな考え方の高校生が多そうだから、黒船は太平洋経由で来たと思っているかもしれないけれど、日本なんて世界一周の最後に寄り道したに過ぎないいんだよ。そんなことも答えられないくせに、『黒船来航』だとか『日米和親条約』だとかって覚えても、世界から見たら何も意味がないね」

ぼくは、手許のパソコンで一八五三年前後のアメリカの歴史を調べたが、島崎室長の計り知れない記憶力は、当時の大統領の名前を正確に言い当てている。どうして、島崎室長は、その記憶力を仕事に活かせないのだろう。

「だいたい、その親書の宛先って、ほんとに何代目かの徳川(とくがわ)将軍なのかな。わたしが思うに、アメリカ大統領はたいてい横柄だからジェネラル(将軍)宛の親書になんかサインしないと思うんだよね。ほんとは、ペリーが親書を渡すべき相手は、第百二十一代エンペラーの孝明(こうめい)天皇だったんじゃないかと思う」

「さぁ？」

（徳川家の十五人の将軍も知らないのに、天皇家は知っているのか……）

「だってさ、ロシアと友好条約を結ぼうってときに、セルゲイ・ショイグ国防大臣と会談する？　しないでしょ」

「一八五三年当時、日本の実質的な政権は徳川家にあったんだから、いいんじゃないですか？」

「自分たちは『世界の警察』だと思っているような国の大統領が、軍事政権の征夷大将軍と話したいなんて思わないよ。征夷って、東北地方のことだよ。世界から見たら徳川家なんて、国防大臣でもなくて、日本の一地方の陸軍師団長みたいなもの。ショイグ国防大臣どころか、わたしも答えられない東部軍管区の将校と友好条約を結んでも、クレムリンは痛くも痒くもないね」

「オバマ大統領が『合衆国は世界の警察ではない』という公式声明を出しています」

「えっ、そうなの？　あの大統領、英語しか話さないから、何を言っているのか、よく分からなかったんだよね」

島崎室長は、キャリア官僚のくせに新聞も読んでいないことを、アメリカンジョーク的な言い訳で跳ね返してくる。察するに、島崎室長が卒業した女子校は、授業中にスマートフォンや、教科書以外の書籍を読むことを禁じていたのだろう。そして、島崎室長は仕方なく教科書を隅々まで読み、彼女の「読んだことは忘れられない」という一度しか書き込めないＤＶＤのような単純極まりない脳細胞が幸いして、東京大学と国家公務員総合職の試験を乗り切ってしまったに違いない。

けれども、島崎室長のDVDタイプの脳細胞も、そろそろ容量不足に陥(おちい)り、いまは新聞も読まず、部下と国際会議に出向いてもプレゼン当日まで資料をチェックすることなく、少ないキャッシュメモリをやりくりして、キャリア官僚としての体裁を保っているのだ。そう想像すると、島崎室長に名前だけでも覚えてもらっていることが貴重なことのように思えてくる。

「ロシア大統領は英語を話すんですか？」

「КГБ(カーゲーベー)出身なんだから当然でしょ。NATO諸国の通信を傍受できなくて、どうやって諜報(ちょうほう)活動ができると思うの？　能ある鷹(たか)が爪を隠しているだけに決まっているじゃない。ジョン・F・ケネディが自ら認めているように、アメリカ大統領は『大統領になるための学校』を出ていないけれど、ロシア大統領はちゃんと大国を統治するためのトレーニングを受けているの」

島崎室長の頭蓋骨にUSBケーブルをつないで、露和辞典の代わりに英和辞典をインストールすれば、彼女も国際会議で困らないかもしれない。

「それで、何の話をしていたんだっけ？」

（そろそろキャッシュメモリの容量では文脈を追えなくなってきたか……）

「センター試験改め共通テストの公平感の件です。今週中に答弁資料を作らなくてはなりません」

「そうそう、公平感だったよね。もうさ、公平感なんて求めずに、受験生みんなが公平になるように、選択科目はやめて、銀河史全般の一科目のみにしよう。現国の問題文も英語で書いておけば、現国と英文読解をひとつの試験時間で済ませられて時間の節約になるじゃん。それから、日本史は世界史の一部、世界史は言い換えれば人間の歴史だから、そこには言語も入るの。外国語も現国も人間の歴史の一部だからさ。そして、人間の歴史は生物史の一部、生物は地球の歴史の一部と考えれば、地理もカバーできるの。あと何？」

島崎室長が、「はぁはぁ」と喘（あえ）ぎながら訊いてくる。

「物理があります」

「だからぁ、物理なんて、銀河史のひとつでしょ。『今は昔、ヨーロッパの片田舎で何かが落ちました。この事象から派生した学問によって、二十世紀の日本が新型爆弾により甚大な被害を受けました。下記のうち、何かが落ちた場所に該当する数を答えなさい。下記、ピサの斜塔、ウールズソープ村のリンゴの樹、ベルン市の時計台、エウレカ』って感じ」

「試験にひっかけ問題があるのは常識。ちなみに、ベルンの時計台からは何も落ちていないから、該当するのはピサの斜塔とリンゴの樹で、正解は『2』。アインシュタインはバスの中から時計を見ていただけ。あえて粗（あら）を探すなら、この問題文の欠陥は『二十世紀の日本』としちゃうところだね。セカンドインパクトは二〇〇〇年九月十三日だから、新型爆弾を『使途（しと）』と捉えるなら、該当なしのアスタリスクでも正解にしてあげる」

「セカンドインパクトって何ですか？」

「中村君、そんなことも知らないと、老人ホームに入ったときにぼっちになって、トイレの個室でお昼ご飯を食べることになっちゃうよ。SARSインパクトがあったんだから、セカンドインパクトがあったに決まっているじゃん」

「老人ホームで友だちができなくても構いません。それと、セカンドの次はサード、です」

大方、島崎室長が老人ホームでリア充になるための予習で得た知識は、大学受験にはまったく関係のないことばかりだろう。それに二〇〇〇年を未来のこととして描いたアニメは、島崎室長が介護施設に入るころには話題にもならないと思う（と言うか、そのころまでに、ちゃんと完結していてほしい）。

「数学の虚数はどうするんですか？　銀河に存在しません」

「共通テストに愛(i)は不要だよ。まぁ『銀河史全般』なんて言うと、阿呆な高校生が『銀河鉄道999』全二十一巻を読めばいいと勘違いしちゃうから、『森羅万象(しんらばんしょう)』にしよう。『森羅万象』にしておけば、受験とは関係ないからって、情報や美術の授業中に居眠りをする高校生もいなくなると思わない？」

ぼくは、「そうかもしれません」とだけ答えて、ひさしぶりに仕事をしてくれた島崎室長のために、『森羅万象一択式　共通テスト案』を答弁資料にまとめた。そんな上申は省内で却下されるものと信じていたけれども、それは別のところで利活用されてしまった。

年金財政に困っていた厚労省は、さすがに受給開始年齢を七十五歳に引き上げることができずに、『年金受給資格認定共通テスト』なるものの法案を検討していたらしい。彼らの目に留まったのが、義務教育の知識を満遍なく網羅し、さらに島崎室長が介護施設でリア充になるための知識も加えた『森羅万象一択式　共通テスト』である。

もちろん、国会審議は大荒れとなった。とくに条例によって一日のゲーム時間を規制している県から選出された議員の反対の声が大きい。

『こんな方式じゃ、K県に不公平ですっ』

総合エコノミー企画ソリューション室のTVから、金切声をあげる議員の様子が音量を絞って伝えられる。

「中村君さぁ……、試験の公平感って難しいね」

島崎室長が、執務中にゲームをしながら、ぽつりとつぶやいた。

12　パールバスケット曳航計画

「中村君さぁ……、庶務課に行って、今度やる『あなたも狙われている！　特殊詐欺』キャンペーンで作ったビニール袋、もらってきてくれない」

ぼくが海洋生物の食物連鎖を調べていると、島崎室長から使い走りを依頼される。

「それ、総合エコノミー企画ソリューション室の仕事なんですか？」

そんなキャンペーンの袋をもらったら、街頭で配る仕事まで仰せつかりそうなので、ぼくは島崎室長に訊く。

「そうじゃないけれど、たくさんもらえるはずだから、中村君も使っていいよ」

「使っていいとおっしゃられても、その袋を配れってことですよね。室長が配るんですか？」

「そんなの室長にもなって配るわけないでしょ。あれさ、管轄局の担当者が間違って『あなたも狙われている！　特殊搾取』っていう袋を作っちゃったらしいのよ。ってことは、その間違って作った袋が、庶務課に行けばたくさんあると思うんだ」

島崎室長はキャリア官僚だけあって、この手の他部局の失敗には目ざとい。

「特殊詐欺を間違えて『搾取』とかって、阿呆だよねぇ。きっと、印刷会社は見本刷りをわざと間違えたんだと思う。で、能なしの担当者も、国民から税金を搾取している後ろめたさがあったもんだから、ゲシュタルト崩壊しちゃって、気づかずにそのまま発注しちゃったんだよ」

どこで摑んだ情報なのかは知らないが、島崎室長にしては的を射た発言だと思う。部下がひとりしかいないのをいいことに、昼間から自席で携帯電話のゲームをやったりストレッチをしたりしている彼女も、一応、自分の俸給の源泉が税金であることは分かっているらしい。

「庶務課に行くのはいいですけれど、その失敗作を何に使うんですか？」

「そんなの買い物に使うに決まっているじゃない。コンビニのレジ袋が有料になったでしょ。でもさ、前の夜にスタミナ弁当を入れたレジ袋を取っておいて、今夜はヘルシー鯖ほぐし弁当を入れるなんて、においが移りそうでいやじゃん。だから、その袋をたくさんもらっておいて、帰るときにバッグに入れておくの」

「この前まで使っていたデリカテッセンのエコバッグに入れておけばいいじゃないですか？」

「あの食料品屋、本国では経営破綻しちゃったんだよ。きっと、レジ袋を出し渋ったせいだと思う。あのエコバッグを持っていれば、中身はコンビニのお弁当でも他人には分からないから、わざわざデパートでデリなんて買わなくなっちゃうんだよね。そんな会社のエコバッグなんて、恥ずかしくて持ち歩けない。文句言っていないで、さっさともらってきて」

ぼくは、流行遅れになったエコバッグは持ち歩きたくなくても、「あなたも狙われている！　特殊搾取」のビニール袋ならコンビニのレジで出せる無頓着さにあきれながら、総務局庶務課に行った。庶務課で「そういう袋があれば、ほしいんですけれど」と言うと、たしかにあるらしい。

「ええ、廃棄する予定の失敗作が三千枚ありますけれど、省外では使えませんよ。

省内の不手際が外部に漏れたら、たった五十万円でも税金を無駄にしたって叩かれますから。何に使うんですか？」

「部局のごみ箱の袋に使おうかなと思って」

ぼくは、庶務課の若い男性職員のために適当な理由をつけた。プラスティックごみを減らすために、レジ袋でさえ有料化を義務づけたのに、その政令の元締めがビニール袋を三千枚も無駄にするというのもあきれた話だと思う。

「総合エコノミー企画ソリューション室にしては殊勝な利活用ですね。うちでも、そうやって無駄なプラごみを減らせばいいのに……。で、三千枚、引き取ってくれるんですか？」

（ごみ箱がふたつしかない部局で、毎日、袋を換えたって、三千枚もあったら、使い切るのに六年もかかるだろ？）

ぼくは、上から目線の庶務課の職員に文句のひとつも言いたくなる。

「五百枚もあれば十分です」

そうは言ったが、Ａ４サイズのそれは五百枚でもコピー用紙の箱ふたつ分よりも重かった。台車を借りると返すために二往復することになるので、仕方なく手で持って自席に戻る。

「省外では使わないように釘を刺されました」

「裏返して使えば問題ないでしょ」

この件に関しては、島崎室長に公僕としての真っ当な感覚が残っていたことに安心する。一回、コンビニ弁当を入れたら捨てるにしても、ただ廃棄するよりは有用だ。

（三円か五円を節約するためなら、室長も頭を使うんだなぁ）

「だいたいさぁ、レジ袋を有料にして減らしたって、それに入れるお弁当はプラスティック容器を使っているんだから、効果なんてたかが知れていると思わない？ストローを見てテーブルを見ず、みたいなもんよね」

「そう思うんなら、コンビニ弁当をやめればいいじゃないですか？」

「木を見て森を見ず」をもじるくらいなら、はなからプラスティック容器を使った弁当を買わなければいい。

「いるいる、そういう自炊派の人。『自炊しているからプラごみも出していませーん』みたいな顔をして、冷蔵庫を開けてみたら、スーパーのトレー付きの肉とかジップロックとかがいっぱい入っている人。しかも、三週間前に作った料理は『もう食べられないかなぁ』って、においを嗅ぐのもいやだから、トレーやジップロックごと捨てて、結局、フードロスまでしちゃっているの。母がその典型。中村君もさ、耳が痛くなってきたでしょ？」

島崎室長にしてはまともなことを言っているが、ぼくは、自宅での食事を執事に任せているので、いったいどれくらいのプラスティックごみを排出しているかは与り知らない。

「ぼくは、外食で済ませることが多いので……」

「わたしさ、常々感じているんだけれど、中村君の金銭感覚っておかしいよね。外食しちゃったら、同じカロリーを摂るのに、二パーセントの消費税を余計に払うんだよ。出張のときだって、わざわざ空港のファストフードでお金を遣ったり、機内で飲むミネラルウォーターのペットボトルを買ったりしているみたいだし。経費でビジネスクラスにすれば、空港のラウンジでご飯を食べられるし、機内ではミネラルウォーターもシャンパンもボタンひとつで持ってきてくれるんだから、損しているのに気づかない？　携帯電話だって、官給品を使えば自分で払う必要なんかないのに。経費には自分の払った税金も含まれているんだから、少しでも取り戻そうと思うのは当然でしょ」

（いやいや、それより経費を節約して、公共サービスを充実させろよ。だいたいぼくが出張のときにファストフードに行くのは、そんなときくらいしかジャンクフードを食べられないからで、室長に心配される謂れはない）

最近、島崎室長は、ぼくが「要するに」と聞くと身構えてしまうことに気づいたらしく、「要するに」を言わずに無駄話を始める。

「でさぁ、『マイクロプラスティック海洋汚染対策協議』の資料はできた？」

「室長に邪魔されるまで、海洋生物の食物連鎖を調べていたところです。ていうか、これ、環境省の仕事ですよね」

「そんなこと言ったって、キョンキョン大臣はセクシーな仕事しかしないんだから、しょうがないでしょ。いつもみたいに、ちゃちゃっと作って、ウィーンのレストラン探しを始めて」

ぼくが頭を切り替えて仕事を始めようとすると、島崎室長はしゃべり足りなかったのか、また話しかけてくる。

「だいたいさぁ、ホヤでもコンニャクイモでも食べる工夫をする日本人が食べないんだから、シャチって、よほどまずいんだろうね。そのシャチに生物濃縮でマイクロプラスティックが溜まるからって、何か問題があるのかなぁ」

「シャチの食べる魚は、人間の食べる魚でもあるから問題なんです」

「そんなこと言ったら、人間も手遅れのはずでしょ。マイクロプラスティックで騒いで、ストローは駄目だとか、レジ袋でもお金を巻き上げる人たちの本音は、クジラやイルカを食べるのはかわいそうっていう感情論だと思う」

（室長は、レジ袋の数円がよほど気に喰わないんだなぁ。いや、待てよ……）

「そうですよね。日本人でもまずくて食べられないものに、マイクロプラスティックを食べさせちゃえばいいんですよね」

「でしょでしょ、この際だから、コアラを標的にしよう。コアラもさ、きっとまずいから、誰も食べなかったんだよ。マイクロプラスティックを柴漬けにすれば、きっと阿呆なコアラは、ユーカリとゆかりを間違って食べてくれるはず」

子どものころに「ユーカリ好きのコアラに食べられちゃうかも」と母君から脅された島崎由香室長は、ことさらコアラを嫌っている。

「コアラは可愛いから、シャチより反感を買います」

「どこが？　コアラって、お腹に穴が開いているんだよ。気持ち悪くない？　コアラなら、大好きなゆかりを食べるために、お腹の袋に水を溜めたり吐き出したりして器用に潜水もできると思う」

ぼくは、有袋類に文句をつけ始めた島崎室長のおしゃべりを無視して、『パールバスケット曳航計画』を作成した。

島崎室長は、またもやサンクトペテルブルク経由の出張申請が認められず、さらに、飛行機が進行方向に斜めのシート配列だったので、「マイクロプラスティック海洋汚染対策協議」の初日から不機嫌だった。彼女は、カンガルーのTシャツをジャケットの下に着て、ぼくの作成した『パールバスケット曳航計画』をロシア語で発表した。オーストリアにもカンガルーがいると勘違いする人は島崎室長以外にはいないだろうと思っていたら、ウィーン市内の土産物店には、ちゃんとカンガルーのTシャツが売られていた。

「内陸国のオーストリアで、リメンバー・パールハーバーとはね……」

島崎室長が『パールバスケット曳航計画』のプレゼンを終えると、早速、アメリカ人が嫌味を言ってくる。こういった国際会議の場で、八十年近く昔の奇襲攻撃の恨み言を聞かせるのはマナー違反だ。英語嫌いの島崎室長は、同時通訳のヘッドセットを外していても、自分に向けられた悪意には敏感なので顔をしかめる。

「いいえ。ハーバーではありません。今回は、真珠母貝の養殖籠をタンカーに曳航させるバスケットのことをお話ししています。ですから、貴国にご迷惑をおかけするようなことは、一切ありません」

島崎室長が憮然としてアメリカ人に応じる。

『パールバスケット曳航計画』は、マイクロプラスティックを積極的に体内に取り入れるように遺伝子組み換えをした真珠母貝を養殖籠に入れてタンカーに曳航させるという、至って簡単な対策だった。三日間で作った資料なので、代表的な真珠母貝であるアコヤガイにそのような遺伝子組み換えができるかどうかは分からない。

「当国に迷惑がかからないとしても、人間が出したごみを回収するのに、真珠母貝の遺伝子組み換えまでするのは非人道的ではないか？」

「お言葉ですが、人間の装飾品のために稚貝に異物を混入させて、しかも真珠が育ったあとは、その身を食べることもなく捨ててしまう傲慢さに比べれば、非人道的とも思えません」

ぼくは、島崎室長とアメリカ人の応酬をヘッドセットで聞きながら、貝に対して人道的も非人道的もないだろうと思う。アメリカ人の次はロシア人だった。

「今回の日本案は独創性がない。『銀河鉄道999』のキッチンのように量子転送で、食材を産地から家庭に直接運べば、輸送時のCO2も減らせるし、スーパーのビニール袋も不要になるのではないか?」

相変わらず、彼女は、メーテルのTシャツを着て、黒い付け睫毛(まつげ)をしている。

(だったら、あんたが、その量子転送とやらの案を持ってこいよ)

ぼくは、海洋汚染対策の会議で独創性を求められる理不尽さにあきれて、同時通訳のヘッドセットを外したくなる。

「わたしの計画案を見くびってもらっては困ります」

(いつから、室長の計画案になったんだ?)

アメリカ人からの嫌味で好戦的になってしまった島崎室長が、ロシア語でロシア人に応戦を始めてしまう。ぼくは、上司の発言をチェックする身としてヘッドセットを外せなくなった。

「この真珠母貝は、体内に取り込んだマイクロプラスティックを核として真珠を形成します。いま真珠母貝の養殖は主に湾内で行われるために船舶の航行の妨げになっていますが、この計画案では、養殖籠をタンカーに曳航させるので、養殖業者が排出するCO2の削減にもなります」

（おいおい、アコヤガイの遺伝子組み換えの裏も取っていないのに、何を言い出すんだ？　大風呂敷をひろげるなら、日本語で話してくれよ）

ぼくは、同時通訳のタイムラグがあるので、ヘッドセットから聞こえてくる島崎室長のロシア語の暴言を止められなかった。

「室長、勝手に話を大きくしないでください」

ぼくは、頭を抱えたい気分で、島崎室長に小声で言う。彼女は「メーテルもどきに、あんなことを言われたら悔しいじゃない？」と言って、ぼくの忠告を無視してしまう。

「いま、部下から聞いたところによると、この真珠母貝は、取り込んだマイクロプラスティックの色を反映した真珠を形成する方向で研究中とのことです」

まるで、ぼくが耳打ちをしたのは研究過程を助言したかのように、島崎室長のロシア語の質疑応答が続く。

「ハラショー。さすが日本の官僚だ」

ロシア人は、島崎室長の出鱈目（でたらめ）にやっと納得してくれる。

「ということは、色とりどりのマイクロプラスティックを排出すれば、虹色の真珠も作れるということか？」

同時通訳のタイムラグ分だけ遅れて、アメリカ人が質問を投げかける。

「もちろんです。この計画案にご賛同くだされば、虹色の真珠が汚染された海を癒すのです」

「エークセレント」

「お褒めに与り光栄です。今後は、ＲＰＨと言えば『リメンバー・パールハーバー』ではなく『レインボウ・パール・ヒーリング』の略だとお考えください」

アメリカ人が納得した表情になると、今度は中国の官僚が手を挙げた。

「日本の案は素晴らしい。是非とも、当国のタンカーを太平洋ごみベルトで航行させて、真珠母貝とごみを一緒に南シナ海まで運ぶことにする」

太平洋には、海流の関係で海水に浮かぶごみが集まってしまう海域があり、それを「太平洋ごみベルト」と呼ぶらしい。「らしい」というのは、どの国もごみの責任を取らず、マスメディアが見て見ぬふりをしているので、実態が明らかになっていないからだ。

「サウスチャイナシーというあたり、よからぬ思惑がありそうだが、中国がそう言ってくれるなら、この会議は終わりでいいんじゃないか」

会議を終わらせることに快感を求めるフランス人が、十八番（おはこ）を中国人に取られそうになって、慌てて発言する。おかげで会議は早々に終わり、ホスト国の計らいでザッハトルテが出席者に供された。

数年後、中国は、南シナ海の小さな島に太平洋ごみベルトの浮遊ごみを集積し、周囲を埋め立てて滑走路を建設しようとした。けれども、『パールバスケット曳航計画』がCNNとBBCで紹介されたおかげで、周辺国の漁船が真珠を目当てに集まってきて、さすがの中国もそこが軍事拠点だとは言いにくくなってしまったらしい。領有権が国際問題となっていた小さな島は、いまや「レインボーパール・アイランド（中国語名：彩虹珍珠岛）」と呼ばれて、滑走路となるはずだった場所では、できもしない虹色の真珠を求める人たちで潮干狩りの名所となっている。

13　特殊詐欺被害　実態調査

「中村君さぁ……、詐欺に遭ったことある？」

　ぼくが、警察庁から回ってきたウェブアンケートに回答しようとサイトにアクセスしたときに、島崎室長が訊いてくる。大方、ぼくと同じ『特殊詐欺被害　実態調査』のアンケートの入力方法が分からずに、自分の回答をぼくに押し付けるつもりなのだろう。

「分かりません」

「何、それ？　もうちょっと真面目に答えてよ」

「質問に質問を返して恐縮ですけれど、室長は偽札を摑まされたことってありますでしょ」

「こども銀行のお札ならとってあるけれど、普通、本物の偽札なんて見たことないか？」

島崎室長の何気ない答えが、まさに、一問目の回答の糸口だ。

《Q１　二親等以内の親族が特殊詐欺（振り込め詐欺、オレオレ詐欺などとも呼ばれる犯罪行為）の被害を受けたことがありますか？　○あり　○なし》

愚問だと思う。しかも、質問には注意書きがあり、「後述の質問のために、対象者への問い合わせは、本人が電話で直接行うこと」とある。電話で問い合わせて、回答者の家族の特殊詐欺にかかる防犯意識も調査する仕組みになっている（と思われる）。

そんなことのために、全国の公務員が、二親等の家族つまり両親、兄弟姉妹、祖父母、結婚している場合はその他に、子ども、孫、義両親、義祖父母、義兄弟に質問をしないと回答ができないのだ。アンケートの間接的な対象者は、各世代が存命中で、かつ子どもがふたりずついると仮定すると、独身者で七名、既婚者で十七名以上もいることになる。

「どうして、こども銀行のお札なんかをとってあるんですか？」

「わたし、子どものころから、両親が共働きだったんだよ。でも、買い喰いは許してもらえなくて、冷蔵庫のプリンとかアイスクリームを食べるときには、その代金としてこども銀行のお札を母の集金箱にいれなきゃいけなかったの」

「ああ、なるほど。一気にプリンを食べちゃわないように、お母様は家の中でだけ流通するこども銀行券を用意してくれていたんですね」

「そのとおり。こども銀行のお札をもらうには、部屋を片付けたり、宿題をしたり、両親の手伝いをしなきゃならなかったの。ケチな人でしょ」

（いやいや、立派な教育方針だろ）

「それで悔しかったから、母が年金受給者になったら、年金はわたしがもらって、代わりにこども銀行券を渡そうと思っているんだ」

島崎室長は、そうやって労働と対価の関係を教えられたのに、どうしていまは、執務中に堂々と携帯電話でゲームを楽しむだけで俸給がもらえるようになってしまったのか不思議だ。しかも、それを逆恨みして、母君の年金までかすめとろうとしている。きっと、島崎室長の母君は、出来の悪い娘に良質な肥料を与え過ぎてしまったことで、かえって性根を腐れさせてしまったのだろう。

ぼくは、島崎室長の母君に同情しつつ、本題に戻る。

「ところで、室長のおっしゃる本物の偽札って何ですか？」

「だから、数年に一度、事件になって新聞に載るお札のことでしょ。言い換えれば偽造紙幣」

島崎室長のようなキャリア官僚が、このアンケート項目を作ったのだろう。そうでなければ、内閣官房から「電話料金を下げろ」と圧力をかけられている携帯電話会社が、その原資を稼ぐために警察庁にアンケートを提案したに違いない。

「本物の偽札を手にしても、一般市民は偽札と見抜けません」

「どういうこと？」

「いいですか、紙幣偽造で捕まるような偽札作り師は二流です。本物の偽札作り師は捕まりません」

島崎室長は、ここまで説明しても分からないようだった。

「要するに、本物の偽札は、日銀で内密に登録している偽札だと思われる記番号と突き合わせて、同一記番号が発見されたときくらいしか見つからないんです」

ぼくは、いつの間にか島崎室長の口癖である「要するに」がうつってしまっていることに気づいて反省する。

「なんで？」

「本物の偽札は、日本銀行券つまり本物と区別がつかないからです。だから、室長もしかすると、いま、お財布の中に偽札を持っているかもしれません」

「うへぇー、うっかりそれを使っちゃったら、犯罪者になるってこと？」

「それは二流の偽札です。本物の偽札なら、本物と同じように使えるから安心してください」

「うーん、そんなとんちみたいなことを知りたいんじゃなくて、この第一問のために、母に電話をしなきゃならないのかを聞きたかったんだよね」

（この人、ぼくの言っていることを理解できなかったんだろうな）

この第一問の《○なし》のチェックボックスをクリックする人は頭が悪いとしか言いようがない。いわゆる「悪魔の証明」である。正しくは《○あり　○分かりません》だろう。もしくは、質問を《二親等以内の家族に特殊詐欺の加害者がいますか？》とするべきだ。それなら《○あり　○なし》のいずれかで答えられるし、

《○あり》にチェックを入れた愚直な公僕には、警察官が聞き取り調査を行って、詐欺師をひとり捕まえられるかもしれない。

「なし」を確かめるために電話をかけて、「なし」と思い込んでいる人こそ、本物の詐欺に引っかかって、いつの間にか資産を減らしている可能性が高い。

「中村君とわたしで、お互いのお母さんに電話をかけることにしない？　いつかは姑になるかもしれないしさ」

島崎室長は、よほど、母君に電話をするのがいやだったのだろう。とうとう、自分の結婚さえ餌にしてしまう。

「やっぱり、電話をかける必要はないと思います」

「そうだよね。こんなのお父さんにだけ聞いてみて、適当に《なし》にしておけばいいよね」

島崎室長が安堵の表情を浮かべる。ＩＴ企業の役員だという彼女の母君も、そんなことを聞かれたら「分かりません」としか答えようがないはずだ。

ところで、国家公務員と地方公務員の合計三百万人の公務員が、愚直に二親等以内の家族に電話をかけるとする。一通話に三十円がかかるとして、電話をかける対象者が平均十名とすると、一人当たり三百円、公務員全体を考えれば、国内で約九億円の電話料金が発生する。なかには、両親に電話をかけた途端に「結婚をしろ」だとか「孫の顔を見たい」と言われて、思わぬ長電話になってしまう人もいるかもしれない。あるいは、防犯意識の高い人であれば、特殊詐欺の電話だと思って、それを機に地元の警察署に電話をかけてしまうこともあるだろう。そうすると、このアンケートによって発生する電話料金は、さらに多くなる。

だいたい、「2問のみのアンケートです」と間口をひろげておきながら、いざ回答を始めてみると十数回も電話をかけなければならないのは、押し売りの手口に似ている。

もちろん、アンケートを提案したからには、このウェブサイトを作る段階でも、電話会社にはつきもののシステム構築子会社が警察庁から小銭を巻き上げたことだろう。これを継続調査として、毎年、実施すれば、システム構築会社はメンテナンス費用を巻き上げ、電話会社も定期的な収入源を得られるのだから、警察庁が詐欺に遭ったとしか思えない。

「ところで、室長は特殊詐欺に遭われたことはありますか？」

ぼくは試しに、島崎室長に聞いてみた。

「あるわけないでしょ。だから、この質問がおかしいのよ、まず、本人のことを聞けばいいのに、なんで二親等以内なのよ？」

「公務員が特殊詐欺の被害に遭っていた、なんてことがマスメディアに知られたら、いい笑い者ですからね」

「そりゃあそうよ。恥ずかしくて上司にも報告できない」

（室長、ちゃんと資産管理をしたほうがいいだろうなぁ……）

「もし、詐欺に遭っていたら、警察に被害届は出しますか？」

「出すわけないでしょ。だって、被害届には職業欄がありそうだもの」

この手の被害に遭っても上司に報告できない人を騙すのは二流の詐欺師だ。一流の詐欺師は、被害者が詐欺に遭ったことさえ気づかせずに資産を盗み取っていく。

「安心しました」

「そんなことを聞いてくるあたり、中村君は特殊詐欺に引っかかったことがあるの？」

「だから、分かりません」

「怪しいなぁ。ほんとは引っかかったことがあるから、『分かりません』とかって誤魔化しているんでしょ。部下が詐欺の被害者だったなんて、恥ずかしくて上に報告できないから教えてよ。どんな手口の詐欺に引っかかったの？」

島崎室長が満面の笑みで聞いてくる。仕事はしないくせに、こういった無駄話のときだけは真剣だ。

「たとえばですね……。今度、政府でＡＩ婚活システムを始めるじゃないですか？」

「うん、特殊詐欺の調査なんかやっていないで、早く運用してほしいよね。政府の目論見（もくろみ）だとマッチング率八十パーセントなんだって」

「で、室長がＡＩ婚活システムで男性と知り合ったとします。で、結構、いい感じの人だったので、少しお付き合いしてみようかなと思ったとします。そのとき、男性に『わたしと付き合いたいなら、アカウントは消してくれ』って言いませんか？」

「まぁ、そう思うだろうね。だって、わたしと付き合いながら、まだ他の相手を探していたらいやだもの」

「ですよね。そうするとその方は、一旦、アカウントを消しますよね？」

「付き合ってくれるなら、そうしてほしいね。それをしない男ってさ、結婚しても、絶対、浮気するタイプだもん」

(室長にしては弱気だなぁ……)

島崎室長は、よほど、この話に興味があるのか、椅子に座りながらのストレッチもせずに、ぼくの質問に真面目に答えている。

「そうすると、その男性は、アカウント削除時にある退会理由のアンケートに『結婚できそうな相手と知り合ったから』と回答するはずです。でも、島崎室長が数ヶ月付き合ってみて、すごーくけちな男だって分かったら、別れることにしますよね」

「うん」

「で、その彼は、その後、どうすると思います?」

「また、AI婚活システムに登録するんじゃない?」

「そのとおりです。そうすると、その人は一ヶ月後くらいに次の女性を紹介されて、その女性と付き合い始めるわけです」

「そんな男の後日譚(ごじつたん)まで知る必要もないけれど、そうなることは大いに考えられるね」

（まだ気づかないのか？　この人、本当に騙されやすいな）

ぼくは、だんだん、説明を続けるのが面倒くさくなってくる。

「それが繰り返された場合、政府のことだから、『AI婚活システムはマッチング率八十パーセントを維持している』って堂々と報道発表すると思いませんか？」

「えっ？　それって、マッチング率八十パーセントが嘘だって言っている？」

「政府ですから嘘はつきません。でも、室長のように、ご自分と付き合うなら、AI婚活システムをやめてほしいと言う会員がいるかぎり、登録後の数ヶ月で『結婚してくれそうな相手と付き合うのでアカウントは消します』、つまりマッチングに成功してアカウントを削除する会員は後を絶たないんです」

島崎室長は、そこで長考を始めた。しばらくして顔を上げる。

「ねぇ……、それって詐欺みたいじゃない？」

「ぼくからは何とも言えません。もしかすると、八十パーセントのうち三割くらいの人たちは、本当に良き伴侶を見つけるかもしれませんけれど」

「逆に言えば七割の人は、ずっと政府に性的嗜好とかを教え続けることになるじゃん」

（御意。そして、島崎室長の自宅付近で、コアラに顔が似た人が殺されたりすると、警察に任意同行を求められる管理社会ができあがるんです）

「そうです。しかも、室長がその男性を品定めしている間は、他の男性を紹介する必要もありません。室長がお付き合いしている方に見切りをつけてから、二ヶ月くらいの間に、新しい男性を紹介すればいいんです。もちろん、件の見切りを付けられた男性は、室長とは相性が悪いということが判明しているので、ＡＩによって室長の候補リストに現れることはありません」

「うへぇー、政府がいかにもやりそうな手口だね」

「ＡＩ婚活システムのことを詐欺として消費者庁に報告しますか？」

「いやいや、誰も嘘をついていないんだから、詐欺とは言い切れないでしょ。だいたい、ＡＩ婚活システムに登録すること自体、誰にも知られたくないし」

（御意）

ぼくは、とりあえず、ウェブアンケートの愚問の《○なし》にクリックして、次の質問に進んだ。島崎室長も、たぶん同じだったのだろう。

「次の『特殊詐欺をなくすためには、どうすればいいと思いますか？』には、なんて答えるの？」

（室長みたいに、自分が詐欺に遭っていることに気づいても、《○なし》にチェックを入れるキャリア官僚を減らせばいいんじゃないですか？）

「特殊詐欺のシナリオ新人賞でも作って、全国から詐欺の手口を募ればいいんじゃないですか？」

「なるほど。中村君、そういう姑息な手段だけは、よく思いつくよね。それで、賞金を五百万円くらいにすれば、本物の詐欺師が応募してきてお縄にかかるってわけでしょ」

ぼくは、本物の詐欺師が五百万円の一時金で手口を売るわけがないと思う。賞金額の代わりに毎年五百万円を現金で支給する「特殊年金詐欺」、否「特殊詐欺年金」でも創設すれば、本物の詐欺師も手口を公開してくれるかもしれない。

「ねぇ、いまの案、もう書いちゃった？」

「まだです」

「じゃあ、わたしがもらってもいい」

（姑息とかって馬鹿にしたくせに）

「どうぞ」

ぼくは、こんなキャリア官僚に高い俸給を払うために、税金と称して資産を巻き上げている庶務省こそ、本物の詐欺師ではないかと思う。

14　リサイクル胡蝶蘭

「中村君さぁ……、あれって、わたしたちのミスだったのかなぁ」

庶務省の政務官から一時間ほど小言を言われ、庁舎のダンジョンである執務室に戻るエレベータの中で、島崎室長がため息とともに言う。問題となったのは、ビジネス週刊誌による庶務大臣のインタビュー記事の原稿だが、それを書いたのは、当然のことながらぼく自身だ。本来、島崎室長がチェックをしたうえで、大臣に提出する原稿だったので、何とも慰めようがない。

六十五歳の庶務大臣は、パソコンをほとんど使わないが、ビジネス週刊誌の『大臣に訊(き)く各省のデジタイズ度調査』特集のインタビューで「私もパソコンを使いこなしていることをアピールしたい」という要望のもと、総合エコノミー企画ソリューション室に原稿の作成指示が下された。それに対して島崎室長は、「パソコンよりも『ノーパソ』とか言ったほうが、なんとなく使っている感じがするよね」とアドバイスを添えて、原稿作成をぼくに振った。中央省庁の慣例に則って インタビューの質問事項はあらかじめ渡されていたので、ミスのあるような仕事ではなかった。けれども、どんな簡単な業務にも落とし穴があるのが世の常である。

庶務大臣は、これといった野心もないので、官僚の作った原稿を忠実に読み上げるタイプだ。野党からの「朝ご飯を召し上がりましたか?」という質問に、官僚から「大臣の朝食はパンだったので『食べていない』とお答えください」と言われれば、素直に「食べていない」と答弁をしてくれる。大臣の答弁資料には、文脈というものが一切不要である。そうしたことが、今回は仇となってしまった。

「最近は、議員宿舎からノーパンで決裁することもある」

「君らのこういうインタビューも、そろそろノーパンでやってもいいんじゃないか」

インタビューの現場にいたはずの政務官か事務次官は、なぜ、途中で彼を止めなかったのだろう。ひと言、「んではなく、そです」と耳打ちしてくれればいいものを、約一時間のインタビュー中、大臣はずっと「ノーパン」を繰り返したらしい。記事が入稿される前に校正者が直してくれたようだが、週刊誌の記者やライターには「ノーパン大臣」と揶揄(やゆ)される事態となった。

「まぁ、大臣はそんなに怒っていらっしゃらなかったので、室長が気にすることはないんじゃないですか。今度からは、カタカナにもルビを付けるようにします」

大臣室で政務官の小言を聞き続ける最中、大臣だけが穏やかな笑顔だったのは、ぼくが、事前に「ノーパンとは、最近、高校生のあいだで流行(はや)っているゲームのアイテムのことです。まだレアアイテムなので、政務官も記者も知らないだけです」とメールを送っておいたからだ。

「中村君、逆だよ。あのおじいちゃんが、小さなルビを読めるわけがないんだから、本文を平仮名にして、ルビに漢字やカタカナを付けなきゃ、どうしようもないよ」

島崎室長は、ダンジョンに戻ると気持ちが落ち着くのか、原稿作成者のぼくに文句を言うこともなく、椅子に座ってストレッチを始めた。大臣と同じく過去の些事(さじ)にこだわらないのは、彼女の美徳のひとつだろう。

　ところが、彼女のポジティブな性格如何にかかわらず、不運は続くものである。

「室長、デジタル大臣の就任祝いに胡蝶蘭を贈りたいというメールが入っています」

　ぼくは、ストレッチ中の島崎室長にも見えるように、自分のディスプレイの向きを変える。

「うへぇー、デジデジ大臣に生花を贈るっていうのは、センスを感じられないなぁ」

「大臣就任祝いですから、普通じゃないですか？」

「それな。判子を廃止するって息巻いている大臣なんだから、十連ガチャの権利でも贈ればいいんだよ」

　職員がふたりしかいない総合エコノミー企画ソリューション室の島崎室長が、なぜ、新任閣僚の就任祝いを心配しているかというと、彼女が省内で密かに行っている小遣い稼ぎに関係するからである。『島崎由香の節税クッキング』と称する動画シリーズでひと儲けを目論んだ彼女だが、今度は、その家庭的な能力を活かして胡蝶蘭の栽培を始めた。前回の閣僚人事の一ヶ月後、「各省の秘書室に行って、しおれた胡蝶蘭をもらってきて」と命ぜられたときには何事かと思ったが、就任祝いに贈られて、そのまま放置された胡蝶蘭を総合エコノミー企画ソリューション室の隣室で二度咲きをさせるというチート能力を発揮している。

　胡蝶蘭の鉢に盗聴器や火器が隠されている可能性もあるので、就任祝いに持ち込まれる生花は、贈り主が各省の総務課（または、それに相当する部局）に注文をし、総務課の職員が指定業者から生花を仕入れて、依頼主に応じた贈り状をつけるのが慣例だった。島崎室長は、各省の総務課の仕事を一手に引き受け、本来は指定業者から購入する生花の一部を、二度咲きまで栽培した鉢にすり替えて、ぼくに各省の大臣室に届けさせている。慶事の品ということだけあって結構な金額が動くし、「節税クッキング」で失敗した島崎室長が、「リサイクル胡蝶蘭」事業の収入を申告することはない。

　ぼくは、改正種苗法に抵触しないのかが心配になったけれども、島崎室長によれば「二度咲きをさせているだけで、株を増やしているわけではないから無問題（モーマンタイ）」とのことだった。種苗法の元締めである農林水産省の総務局秘書課も、島崎室長の隠密事業に協力する代わりにバックマージンをかすめ取っているので、たぶん問題のない行為なのだろう。

しかも、島崎室長の育てた胡蝶蘭は、験を担ぐ代議士には「何度でも咲ける」ということから評判がいい。なかには、「花の数は少なくてもいいから、三度目のリサイクル胡蝶蘭にしてくれ」と各省の総務課に伝えている閣僚もいる。

「細かいことは気にせずに、来た注文は受けておきましょう。デジタル大臣だからといってヒューマノイドが就任したわけじゃないんですから」

「大臣の気持ちは、まぁ分かってあげてもいい。せっかく、初代デジデジ大臣になったんだもん。たくさんの胡蝶蘭を背景にインタビューとかされたいよね。問題は、このメールの注文主がどこぞのIT企業に勤める母なんだよ。わたしが大切に育てた胡蝶蘭に、あの人の贈り状を立てるかと思うと微妙……」

「後ろめたいビジネスに私恨を持ち込むと、足を掬われます」

「うーん、あの人の名前を贈り状に揮毫するのかと考えるとなぁ……。ここは泣く泣く業者から買うか」

自分で二度咲きさせた鉢に立てる贈り状に依頼主の名前を毛筆で記すのも、島崎室長のチート能力のひとつである。ぼくの父は、大手リース企業の経営者で「アイスキャンディの『あたり』の棒から、ピラミッドのヒエログリフまで慶弔ごとの一筆でできない代筆はない」と豪語している。幼稚園の年長組のとき、七夕の短冊に「明るい未来」と書いたら、下手な字を父に馬鹿にされたうえ、父の会社の社員が「正しい納税」と代筆して小遣いを巻き上げられた思い出がある。父の経営する企業であれば、代筆のみならずアイスキャンディやピラミッドの石材まで用意する島崎室長は大いに重宝されるに違いない。

「そんなの『島崎由香』って書いちゃえばいいんです」

「おぉっ、それは気づかなかった。そうだよね。大臣が民間企業の一介の常務のファーストネームまで知っているわけがないもん。よしっ、それで行こう。中村君は真面目な顔をして、やることがせこいね」

(室長の母君は、いつのまにか常務に昇格していたのか。常務が一介のわけがないだろ)

ぼくの提案で、島崎室長は急にやる気になったらしい。早々に硯箱を開いて墨を磨り始め、その勢いで舌も滑らかになる。

「わたし、判子文化って、欧米列強の署名文化に比べると、格段にデジタイズされていたと思うんだよね」

（黙って墨を磨っていれば、清楚系お嬢様なのに……）

「どうしてですか？」

「中村君は、七年前の人事院事務総長の名前を知っている？」

ぼくは、首を横に振る。七年前どころか、いまの人事院事務総長の名前も知らない。

「でしょでしょ。中村君が国家公務員試験でずるをしていないかぎり、合格通知書には彼の名前が記されていたんだな」

「誰だったんですか？」

「わたしも覚えていない。でも、合格通知書の『人事院事務総長之印』っていう篆刻のうねうねした字は、最初に確認した」

「言われてみれば、合格通知書にQRコードが印刷されているより、印鑑があったほうが安心しますね」

「いやいや、いまはそんな感情的な話をしているんじゃないんだな。中村君みたいに、安心感で公務員になっちゃう人が、国家百年の計を案ずるよりも先に胡蝶蘭を並べたがるの。要するに、署名文化では、人事院事務総長その人がサインをするなり、電子署名の暗証番号を入力するんだけれども、判子文化では、合格通知書を発行するのにデジデジ事務総長はいなくてもいいんだよ。『人事院事務総長之印』っていう判子さえあれば、中村君がそれを捺したって誰も困らないし、極端な話、デジデジ事務総長は実在しなくてもいいの。言ってみれば、アバターの世界観を先取りしたのが判子ってわけ。だいたい、ときどき『印鑑をご持参ください』っていう文言をみかけるけれど、あれって日本語として変だよね。どうやって印鑑を持ち歩くんだっていうの」

ぼくは、島崎室長にしてはまともなことを言っていると思って相槌を打った。彼女は、せせこましいことをしていると頭の回転がよくなるのかもしれない。

島崎室長が墨を磨り終えて筆を取ったところで、彼女の携帯電話が着信を知らせる。

「中村君、代わりに出て」

「えっと、ぼくは、ロシア語は分からないんですけれど……」

「大丈夫。彼女たちは、簡単な日本語なら話してくれるから」

島崎室長に電話をかけてくる友人は、数人のロシア人しかいない。官給品の携帯電話だが、島崎室長に仕事の連絡が入ることは、ほぼゼロに等しいので、必然、彼女の携帯電話にはＬＩＮＥもワッツアップも入っておらず、ロシアでシェアの高いヴァイバーというメッセージアプリが登録されている（ヴァイバーは日本企業が運営しているそうで、韓国のＬＩＮＥや、アメリカのワッツアップよりも、「日本の公務員はヴァイバーを使ってロシアの官僚と連絡を密に取るべきだ」というのが、島崎室長の持論だ）。

「ドーブラエ・ウートラ（おはようございます）。シマザキが手を離せないので、代わりにナカムラという者が話しています」

島崎室長の友人が広いロシアのどこにいるのか分からないが、時差で時間は遅くなるはずなので、ぼくは、適当に朝の挨拶をする。

『島崎の母です。いつも、グジョウがお世話になっております』

（うわっ、こんなところでラスボスかよ）

ぼくは、マイクに手を当てて、「お母様からです」と島崎室長に小声で伝えた。

「きっと、ろくな話じゃないから、手短に切っておいて。間違っても、いま、彼女の依頼を片付けているとは言っちゃ駄目だからね」

「こちらこそ、室長には、いつもたいへんお世話になっております。差し支えなければ、ご用件を伺って、室長にお伝えします」

『いえいえ、私のほうこそ、グジョウのお相手をしていただいて心苦しいばかりです。それでグジョウが近くにいるなら、実家にあった胡蝶蘭がどこにいったかを訊いてもらえませんか？』

（グジョウって愚女のことか。以前、室長も女王のことをじょうおうと言っていたけれど、この親子は嬢王と愚嬢になっちゃうのか）

「少々お待ちください」

　ぼくは通話を保留にする。

「お母様が、ご実家の胡蝶蘭はどこにあるのか？　と訊いておられますが」

「はぁ？　あんたが枯らして、ごみに出そうとしたから、わたしがちゃんとここで再利用しているのに、何を言っているの？　『マンションのごみ捨て場にでもあるんじゃない』って答えておいて」

　ぼくは、一瞬で苦々しい表情に変わった島崎室長を見ながら、保留を解除するとともに、通話をスピーカー出力に換える。

「お待たせしました。室長に伺いましたら、廃棄したのではないかということです」

『手前味噌でお恥ずかしいんですが、うちのグジョウは、昔から生きものの命を大切にする子どもでして、たぶん、下宿に持ち帰っているのではないかと思うんです。下宿にあるはずの胡蝶蘭をデジタル庁の総務課に届けるように指示していただけないでしょうか？』

島崎室長の母君は、声音こそ柔らかいが、有無を言わせない圧力を感じさせる。そして「指示」の内実は、きっと、母君が常務に昇格した際に贈られた胡蝶蘭を、大臣の就任祝いに転用するというものなのだろう。嬢王と愚嬢の親子だけに、無駄のない思考回路である。

「指示だぁ？　民間のお雇い番頭が、国家百年の大計を案ずる娘に指示をするかっ」

島崎室長が、マイクに声を拾われないように小声で母君を罵倒する。

「あの……、室長のご自宅にはないそうです」

（お母様も聞いてびっくり、庶務省のダンジョンで、密造大麻のごとく、すくすくと育っています）

『そうかしら。いずれにしても、グジョウが勝手に持ち帰ったことは覚えていますので、グジョウが枯らしたようでしたら、代わりのものを自費で調達するように伝えてください』

「わたしが引き取ったときには、もう枯れていたっていうの」

「承知しました」

『お手数をおかけして、たいへん恐縮です』

ぼくは、通話を終わらせる挨拶を交わして、携帯電話を島崎室長に返す。

「なんで、承諾しちゃうの？」

「なんか怖そうな方だったので、つい……」

「いやいや、中村君は『恐縮ですが、愚女もいい歳なので結婚してくれませんか』って電話で言われただけで、わたしと結婚しちゃうの？　ありえないでしょ？」

母君の迫力では、その事態も危惧される。ぼくが黙っていると、島崎室長に肯定の意と受け取られてしまったらしい。

「うへぇー、それなら、私から母に電話をかけ直して、『あんたが常務に就任して蘭に囲まれていたのは胡蝶の夢、あんたの存在こそが枯れかけた胡蝶蘭なのよ』って言うついでに、中村君にそう言ってもらうことにするよ」

「いくらなんでも、そんなことは……」

「えっ？　いま、わたし、中村君に振られた？　ルビコン川の土手で賽を投げようとしていたら、ローマ帝国軍のモブから匙を投げつけられた気分だよ」

島崎室長が訳の分からないことを言い終えると、しばらく執務室に沈黙が滞る。

「うわっ、間違ってデジデジ大臣って書いちゃった。もう、これでいいか……」

しばらくして、贈り状を確認した島崎室長が、しょんぼりした声でつぶやく。

その後、ぼくは、隣の文書保管庫から、元気のなさそうな胡蝶蘭を選んで、デジタル庁への遣い走りを自ら請け負った。贈り状の達筆が「ゲジゲジ大臣」に見えるくらいに、ぼくも、遠回しなプロポーズにゲシュタルト崩壊していた。

後日、SNSで不思議な現象が話題になった。その噂によると、リモートワークの際、ホームデバイスに「アレクサ、会議を始めるから、アプリを起動して」と声を掛けると、「ノーパンでやりますか？」と訊き返されるらしい。デジタル庁は、まず各省庁の大臣室のノートパソコンのマイクから、大臣室の会話が海外の民間企業へと筒抜けになっていないかを確認したほうがいい。

15　純和風ＩＲ

「中村君さぁ……、これに応募してみない？」

島崎室長が紙飛行機にして飛ばしてきた資料を摑み取り、それを開いてみると『ギャンブル依存症　未然防止策　庶務省内公募』と書いてある。一時は話題性のなくなった統合型リゾート施設ではあるが、ＳＡＲＳインパクトが終息した現在、またぞろ箱物行政を復活させたいということだろう。けれども、統合型リゾート建設の懸案事項であるギャンブル依存症の有効な対策案が見つからず、とうとう庶務省の職員を使った人体実験を始めるらしい。コンサルタントを雇うよりも「隗より始めよ」と言ったところだろうか。

「採用案の佳作以上に選ばれないと自費になりますから、やめておきましょう」

Ａ４一枚の庶務大臣名の下達には、職員が海外のカジノに行く旅費、宿泊費は公費で負担と誘い文句が並ぶが、右下に気づくか気づかないかの小さな文字で「ただし、優秀作１、佳作３に入選できなかった場合は、かかった経費は職員が負担するものとなる」と書かれている。しかも、優秀作も佳作も「該当なし」の場合があるのかどうかも記されていない。この文書が消費者庁に見つかったら、所轄部局はクレームを受けることだろう。

「でもさ、公費でカジノに出張してもよくて、さらに優秀作に選ばれれば、来年度の予算配分が倍になるんだよ。やってみる価値はあると思わない？　わたしの知恵と中村君の文書作成能力があれば、ぶっちぎりの優秀作だよ」

（いやいや、いままで室長の知恵が役立ったことはありませんから）

「それより、ギャンブル依存症のことを知りたかったら、大臣に訊いてみるのが一番ですよ」

ぼくたちの上司である庶務大臣は、創業一九一九年の老舗の和菓子屋の六代目当主だったが、衆議院議員になるまでに二回落選して、和菓子屋を潰してしまった。

そして代議士となってからも、地元に人望がないのか三期目で落選した際に、奥方の実家の土地家屋を担保に入れて復活当選を果たし、五期目でやっと大臣のポストを手に入れたという経歴の持ち主である。内閣総理大臣の「解散」のひと声で四年の任期が二年にも一年にもなる不安定な職業を選ぶより、堅実に和菓子屋を営んでいれば百年企業の社長だったはずだ。ぼくからみれば、ハイリスク・ローリターンの博打を性懲りもなく続けているように見える（本来はハイリターンにはならないはずだが、大臣には違って見えるのかもしれない）。

「なんで、大臣に訊くの？」

「彼は、選挙に取り憑かれた博打依存症です」

「そのバクチ依存症って何？」

「ギャンブルを日本語にしただけです」

「なるほどね。カタカナ語にすると、なんとなく聞こえがよくなるけれど、ギャンブル依存症はカタカナ語のほうがいいね。一瞬、パクチー依存症が訛って聞こえたのかと思ったよ。わたしはパクチーが苦手だけれど、あれ、好きな人は、たくさん食べるよねぇ。ほんと、パクチー依存症かと思う。で、大臣のことはいいから、マカオに行こう。つべこべ言わずに、これは業務命令」

島崎室長は、博打とパクチーで煙に巻いたつもりなのか、出張申請を始めたようだ。ぼくは、島崎室長がギャンブル依存症の有効な対策を考え出せるとは思えなかったので、せめて宿泊費だけでも節約することにした。

「ホテルは、セントラル・ヴィレッジにしませんか？　カジノは併設していませんが、スパが充実しているそうです」

「なーんだ、結局、中村君もカジノに行きたかったんだ？」

「ええ、ぼくが予約しておきます。室長は、スパがついた宿泊プランでいいですか？」

「スパって、経費で落ちるの？」

「このホテルは、領収書に明細をつけないことで有名だそうです」

「ハラショー」

英語の苦手な島崎室長はホテルの名前に疑問を感じなかったようなので、コーナースイートの部屋に、リムジンでの送迎、バトラーサービス、ハイティーとスパがついたプランに、彼女を招待することにした。それだけのオプションをつければ、お付きの者の控え室くらいはサービスでつけてもらえるだろう。領収書は、支配人にお願いすれば、何とでもなる。

「中村君の予約してくれたホテル、朝ご飯前に部屋でスパをしてくれて、朝ご飯も部屋に運んでくれるから、もう少しでカジノの実態調査を忘れるところだったよ」

ぼくがカジノを併設したホテルのショッピングモールを眺めていると、島崎室長が三十分遅れでやってくる。

「中村君は、何を食べたの？」

「近所のレストランで、ポークチョップ・バーガーとエッグタルトを食べました」

島崎室長がしかめ面になる。

「中村君、そういうのは駄目だよ」

「どうしてですか？」

「中村君のせいで、ホテルの部屋のお茶請けにメレンゲとマシュマロが山盛りになっているんだよ。わたし、どっちも好きじゃないんだよね」

「それと、ぼくの朝食が、どう関係するんですか？」

「幼稚園のころ、母に『メレンゲって、小人のうんちみたいだね』って言ったら、『小人さんは心が綺麗だから、うんちも白いのよ。由香のは茶色だね』って言われて、すごーく落ち込んだの。中学生になってから分かったんだけれど、母がメレンゲをよく作ってくれたのは、自分の玉子かけご飯に卵黄しか使わなかったせいなんだよ。いくら地元の名物料理だからって、観光客が卵黄ばっかり食べていたら、マカオにはメレンゲしか食べられない不幸な子どもが増えるだけ」

ぼくは、自分の部屋にもあったメレンゲを思い出す。いかにも父のやりそうなことだ。父は、マカオ中のエッグタルト屋から卵白を買い集めて、宿泊客にお茶請けとして出すことで、ホテルのホスピタリティを上げているつもりなのだろう。ぼくは、素直に「それは申し訳ありません」と謝った。

「でさぁ、お願いしていたカジノの必勝法は調べてくれた？」

ぼくは、「ええ」と曖昧に答えつつ、そんなものはあるはずがないと思う。卵黄が好きな母親の子どもは、卵白を好きにならないと家庭不和になるように、博打に勝つ人がいれば負ける人もいる。カジノで儲けるためには、カジノの経営者か、悪くても従業員になるしかない。

「ところで室長は、どれくらいのお金を持ってきましたか？」

「一万円を両替したから七百パタカ」

ぼくは、思わず「はぁ？」と声を出してしまった。せっかく父のコネを使ってVIPルームに入る手配をしたのに、七百パタカでは最低レートの賭け金にもならない。

「えっと……、最低でも十万パタカは用意しないと、カジノでは遊べません」

「ええっ？　十万パタカって言ったら百万円以上だよ。そんなに遣ったら、ギャンブル依存症になる前に破産しちゃうじゃん」

「破産してもギャンブルをやり続けるから依存症なんです」

ぼくは、カジノのVIPルームの予約をキャンセルして、観光客が様子見に入る庶民的なカジノに向かった。島崎室長には、ATMでクレジットカードから追加の一万パタカを引き出してもらう。

「この大小というゲームは、三つの賽がぞろ目になるとき以外は、大か小のどちらかが勝って二倍になって戻ってきます。どちらかに千パタカを賭けてください」

「負けたら、いきなり一万三千円も損しちゃうの？」

「ええ、負けたら、次は二千パタカを賭けます。それでも負けたら四千パタカ、それを繰り返すと、だいたい三回目には千パタカを儲けられます」

　ぼくは、カジノでスロットマシンと同じくらいつまらない賭け方を島崎室長に伝授する。島崎室長は二回目で勝ったので、そこでストップをかける。

「はい、今日はおしまいです」

「ええっ、せっかく二千パタカも儲かったんだから、今度はレートのいいマスに賭けようよ」

（いやいや、一回目で千パタカを負けているんだから、二千パタカも儲かっていないだろ）

　こういうときは、島崎室長の（数分前とはいえ）過去の些事（さじ）に拘泥（こうでい）しない性格が仇（あだ）になってしまう。

「駄目です。たとえば、あの四倍のところに賭けるなら、一回目で負けると二回目は四千パタカが必要ですし、勝つまでに五、六回賭けないとなりません。室長の元手ではできません。千パタカも儲かったんだから、今日はおしまいです」

　ぼくは、後ろ髪を引かれている島崎室長をカジノから連れ出した。

「なんか、つまんなくない？　中村君の賭け方は分かったけれどさ、これじゃあ、いつまで経(た)っても、最初に賭けた分しか儲からないじゃん」

（御意(ぎょい)）

「お金を確実に儲けたかったら、博打ではなく労働をしたほうがいいんです。労働は、たいていつまらないものです。今日は、その千パタカで美味(おい)しいものを食べましょう」

千パタカ（約一万三千円）も稼いだのだから十分だと思うが、日本にいればストレッチと携帯電話でゲームをしているだけで俸給をもらえる島崎室長にとっては不満が残るのかもしれない。ぼくは、ぶつぶつ文句を言っている島崎室長とともにホテルに戻り、彼女の宿泊代にオプションで含まれているハイティーに付き合った。

「なんかさぁ、統合型リゾートって言ってもつまらないね。カジノは十分もしないうちに終わっちゃって、あとは遊園地に行くか、買い物をするしかないわけでしょ。あっ、わたしがエッグタルトを食べるから、中村君はメレンゲを食べてね」

島崎室長は、サンドイッチや焼き菓子が載ったティースタンドの中段にあった三つのエッグタルトを、早々に自分の皿に移しながら言う。

「ＳＡＲＳインパクトで落ち込んだ外国人観光客にお金をたくさん遣ってもらうのが、政府の目論見です。だから、日本に来たから『ついでにカジノにも行ってみるかなぁ』って思ってもらえれば、それで十分なんです」

　ＩＲ認可に反対する野党が、本気で自国民のギャンブル依存症を不安視しているとは思い難い。

「それな、日本に遊びに来る人は、ラスヴェガスやマカオと同じような遊園地とショッピングモールを望んでいると思う？　ヴェネチアみたいなゴンドラに乗りたければイタリアに行けばいいし、ショウを楽しみたければモスクワでボリショイサーカスを観に行けばいいんだよ」

　ぼくが「こういった席ではスマートフォンのゲームはしないでください」と釘を刺したので、島崎室長はつまらなそうに紅茶を飲みながら無駄話を始める。

「庶民は、気軽にヴェネチアやモスクワには行けないので、一箇所で済ませたいんです」

「いやいや、カジノに行くのに十万パタカも用意する中村君が言うと、マリー・アントワネットの『ヴェネチアでゴンドラに乗りたいなら、近所のＩＲに行けばいいじゃない？』みたいになっちゃうよ」

よもや、島崎室長からマリー・アントワネットに喩えられるとは思ってもみなかった。ぼくが「そこまでおっしゃるなら、室長は、日本のIRはどうすればいいと思っているんですか？」と言うと、彼女はエッグタルトをゆっくりと二つ食べた。

「そうだなぁ……、日本で統合型リゾートを作るなら、徹底的に和風にすればいいんじゃないかなぁ。江戸村みたいな感じにするの。まず、入場するときに、町人か岡っ引きかを選んでもらう。カジノもさ、チップは大判小判で、カードはトランプじゃなくて、世界の老若男女に愛される任天堂の花札にするの」

「岡っ引きは博打に参加できません」

「だから、たいていは旦那さんが町人役を選んで、奥さんと子どもが岡っ引き役になるわけ。まぁ、そういうステレオタイプな男女の役割が嫌いな家族は逆でもいいけれど……。それで、町人役の人は、ヴェネチア風のゴンドラに乗るんじゃなくて、編笠をかぶった船頭が竿で操る小汚い舟で賭場に向かう。岡っ引き役の子どもには十手を買ってもらって、賭場を探してもらうの」

「それで、カジノたる賭場では、盆の上で壺を振るんですか？」

「そうそう。ちょっと綺麗なお嬢さんが、着物の片袖を脱いで、さらしを巻いた胸を見せながら『よござんすね？　入ります』って言いながら、壺を振るんだよ。お客さんも、イーブンとかオッドとか言っちゃいけなくて、日本に来たんだから丁と半しか言えないルールにするの。八は『おいちょ』で、九は『かぶ』。カジノが終わったら、メレンゲを食べるハイティーじゃなくて、藁葺き小屋で抹茶を飲んでもらう。いわゆる『モノ消費からコト消費』ってやつだね」

名門女子校から東京大学、国家公務員総合職と進んできた島崎室長は、どこで丁半博打やおいちょかぶのルールを覚えたのか不思議だ。

「さらしを巻いた女性というのは、国際的に批判を浴びそうですけれど……」

「それな、外国人から見るとポルノ規制の甘さもまた日本的文化なんだな」

「岡っ引き役のほうは何をするんですか？」

「そりゃ、賭場が開帳されている場所を探すんだよ。でも、簡単には見つけられないようにして、忍者屋敷みたいなところで、隠し扉とか、床落としとかをかい潜って賭場を見つけることにすれば、家族みんなで楽しめるじゃない？　子どもは、賭場を見つけたときに諸肌脱いで『この桜吹雪がダディの悪事はちゃーんとお見通しだぜ』とか『この印籠が目に入らぬか』って言いながら、五円玉をしゅって投げ飛ばすの。で、賭場を見つけたときの没収額と投げられた五円玉がカジノの儲けってわけ」

「ジュブナイルも日本的文化ですか？」

「当たり前。カジノに行かなくても秋葉原には行くんだから、ジュブナイル・ポルノなんて日本では問題視されないしね。中村君、海外出張で行った街の本屋で、何の入場規制もないコーナーに、ＢＬやラノベの表紙みたいな本が並んでいるのを見たことがある？　ないでしょ？　いまや、ポルノこそ日本的文化なんだよ」

ぼくは、島崎室長の和風ＩＲ案を父に教えてやろうと思いながら、メレンゲをつまんだ。

「それで、ギャンブル依存症の未然防止策を考えるのが、今回の出張の仕事なんですけれど……」

「えっ？　だから、いま言ったことだよ。わたし、さっき、思ったんだけれど、カジノのあの『健全でーす』っていう雰囲気がよくないと思うんだ。だから、純和風にして、わびさび感を前面に出すの。岡っ引き役の子どもに、いつ見つかるか分からない緊張感と、薄暗い賭場で後ろめたさを演出すれば、誰も長居したいとか何度も行きたいとは思わないでしょ」

　島崎室長は、三つ目のエッグタルトを食べながら、得意げな顔をする。

「緊張感と後ろめたさに快感を覚えて、博打にはまる人がいるから、統合型リゾートで健全な雰囲気を醸し出そうとしているんです」

「そういう人は、どんな対策を考えても、ギャンブルをやるんだよ。闇賭博がなくならないのと一緒。ＳＡＲＳインパクトのときに『不要不急の外出は控えてください』って言っても、十万円をもらったらパチンコ屋に行く人がいたでしょ。だからギャンブル依存症の世代間の再生産をさせないことが、せめてもの有効策だね。岡っ引き役が賭場を見つけた夜は、お父さんやお母さんが『てやんでぇ、やってられるかぁ』って卓袱台（ちゃぶだい）をひっくり返すことにすれば、子どもは『あー、博打って怖いなぁ』とか『うまく行っているように思えても、どんでん返しがあるんだな』って悟って、こんなことなら課金廃人になったほうがいいって思うわけ」

　島崎室長がギャンブル依存症に有効な策がないという結論で満足してしまったので、ぼくは、マカオへの渡航費と宿泊代をカジノで稼がなくてはならなかった。ぼくがカジノのテーブルに向かっている間、島崎室長は後ろに立って「あーだ、こーだ」とアドバイスをくれる。

「中村君さぁ、みみっちい賭け方しないで、今度はあっちの三十六倍のマスに十万パタカを置いてみようよ。さっきも、わたしの言ったとおりにしたら、三百万円も儲かったじゃん。今度も絶対当たると思う。ほらほら、わたしのホテル代もちゃんと稼いで」

「絶対に当たるんなら、室長が賭ければいいじゃないですか？」

「こういうのって他人のお金だから、冷静かつ大胆に楽しめるんだよ」

島崎室長は、原資を気にせずに公共投資を行う根っからの公務員気質なのだろう。

きっと、年金積立金管理運用のファンドに出向すれば、彼女でも仕事に勤しむのではないかと思う。

本書は、書き下ろし作品です。

草上仁

あなたはこのお話のオチ、想像できますか？　宇宙に放り出され生死をさまよう男たちが取った究極の選択とは？　恐竜を探しに降り立った惑星で取材陣が出会った衝撃の真実とは？　あっと驚く結末が、じわりと心に余韻を残す、すこしふしぎなお話が盛りだくさん。1話5分で楽しめるSFショートショート作品集。

100文字SF

北野勇作

100文字SF、集まれ！　新しい船が来たぞ。えっ、沈んだらどうしようって？　馬鹿、SFが死ぬかよ。それにな、これだって100文字SFなんだ。**北野勇作**がそう言ってたろ。さあこの紙の船に、乗った乗った！

早川書房

これだけ数が揃うと自分の頭が考えそうなことは大抵入っていて、そう言えばこんなのを書いてたな、とすぐに百文字で取り出せるようになって便利。でも同時に、これさえあればもう自分はいらないのでは、と思ったり。ツイッターで発表された二千篇から二百篇を厳選、100文字で無限の時空を創造する新しいSF

ハヤカワ文庫

著者略歴　1967年東京生，作家
著書『グリフォンズ・ガーデン』『未必のマクベス』『プラネタリウムの外側』（以上早川書房刊）など

HM=Hayakawa Mystery
SF=Science Fiction
JA=Japanese Author
NV=Novel
NF=Nonfiction
FT=Fantasy

庶務省総務局KISS室　政策白書

〈JA1471〉

二〇二一年二月二十日　印刷
二〇二一年二月二十五日　発行
（定価はカバーに表示してあります）

著者　早瀬耕
発行者　早川浩
印刷者　草刈明代
発行所　株式会社 早川書房
郵便番号　一〇一 - 〇〇四六
東京都千代田区神田多町二ノ二
電話　〇三 - 三二五二 - 三一一一
振替　〇〇一六〇 - 三 - 四七七九九
https://www.hayakawa-online.co.jp

乱丁・落丁本は小社制作部宛お送り下さい。送料小社負担にてお取りかえいたします。

印刷・中央精版印刷株式会社　製本・株式会社明光社

ISBN978-4-15-031471-2 C0193

本書は活字が大きく読みやすい〈トールサイズ〉です。